Tempête à Quiberon

Nous remercions tout particulièrement Bernard GALÉRON, photographe à Quimper, pour sa participation (photographie de couverture).

Cet ouvrage de pure fiction n'a d'autre ambition que de distraire le lecteur. Les événements relatés ainsi que les propos, les sentiments et les comportements des divers protagonistes n'ont aucun lien, ni de près ni de loin, avec la réalité et ont été imaginés de toutes pièces pour les besoins de l'intrigue. Toute ressemblance avec des personnes ou des situations existant ou ayant existé serait pure coïncidence.

Aux Éditions Alain Bargain

Dans la collection
ENQUÊTES ET SUSPENSE :

Gisèle Guillo
- Dernier rendez-vous à Vannes
- Du Léman au Morbihan *(épuisé)*
- Tempête à Quiberon
- La Belle de Carnac
- Le Saigneur de Quimper
- Vol de pigeons à Arradon

Françoise Le Mer
- Colin-maillard à Ouessant
- La Lame du Tarot
- Le Faucheur du Menez-Hom
- L'Oiseau noir de Plogonnec
- Blues Bigouden *à l'Île-Chevalier*
- Les Santons de Granite rose
- Les Ombres de Morgat
- Le Mulon rouge de Guérande

Michèle Corfdir
- Le Crabe
- Mortel Hiver sur le Trieux
- Chasse à corps à Bréhat
- Larmes de fond ou le retour du crabe
- Vent contraire à Loguivy-de-la-Mer
- Herbes amères à Belle-Isle-en-Terre
- Il court, il court, le furet des Abers

Chaix d'Est-Ange
- La filière d'Arradon
- La petite dame de Locminé
- Ratissage dans le golfe
- L'Écluse de Malestroit
- Copie conforme à Larmor-Baden
- Les Truands de Saint-Goustan
- Coup de barre à Étel

Solenn Colléter
- Lettres de sang sur la Côte Sauvage

Anne-Soizic Loirat
- Lorient l'interdite

Simone Ansquer
- Téviec, le Secret

Lise Tiffanneau-Midy
- Sortie de route en Anjou

Martine Le Pensec
- Onde de choc sur Fermanville
- Angoisse sur Penmarc'h
- Lumière noire sur la Penfeld

Anne-Solen Kerbrat-Personnic
- "Mi Amor" à Rochefort

Serge Le Gall
- La secte de l'Aven
- Sables mouvants à Bénodet
- La Douarneniste et le Commissaire
- Corps-mort à l'Île-de-Batz
- Traque noire à Audierne
- Fugue mortelle en RÉ
- Le moine rouge de Carantec

Patrick Bent
- Erquy profite le crime
- Le macchabée du Val-André
- Saint-Cast priez pour eux !
- Hécatombe à Saint-Malo

Philippe-Michel Dillies
- Meurtres à Monnaie
- Chasse à Tours
- Train d'enfer à Saint-Pierre-des-Corps
- Les roses noires de Chartres

Christophe Chaplais
- Pâté de Corbeau aux amandes amères
- Le calisson jusqu'à la lie
- Farz aux herbes de Portsall
- Addition salée au Croisic
- Salade russe aux noix de Grenoble

Jean-Pierre Bathany
- Camaret au Vitriol
- Double Je Nantais
- Été show à La Baule

Firmin Le Bourhis
- La neige venait de l'Ouest *(épuisé)*
- Les Disparues de Quimperlé
- La Belle Scaëroise
- Étape à Plouay
- Lanterne rouge à Châteauneuf-du-Faou
- Coup de tabac à Morlaix
- Échec et tag à Clohars-Carnoët
- Peinture brûlante à Pontivy
- En Rade à Brest
- Drôle de chantier à Saint-Nazaire
- Poitiers, l'affaire du Parc

Aux Éditions Alain Bargain

Dans la collection
ENQUÊTES ET SUSPENSE :

Annie Le Coz
- Les Maudits de Kérogan
- Plumes sèches à Beg-Meil
- Quimper sonne les cloches
- "Caval" à Saint-Guénolé

Marie-Françoise Marchal
- Frissons en Morbihan *(épuisé)*

Alex Nicol
- Mystères en Finistère
- Ça bombarde chez les Bigoudens
- Mise en Bière à Sainte-Marine

Jean-Pierre Farines
- Brume sur la Presqu'île

Bernard Morin
- Trahison à Guerlédan

Jean-Jacques Gourvenec
- Chasse au congre à Lannilis
- Scénario macabre à Saint-Pabu

Jacques Caouder
- L'Occise des Landes
- L'Évadée de Brennilis
- Le Mort de Brest-Les Abers
- La Troménie noire
- Rumeurs mortelles à St-Renan

Patrice Rousseau
- Le faussaire de Pont-l'Abbé

Stéphane Jaffrézic
- Chili-Concarneau
- Ville bleue et beaux dégâts

Jean-Pierre Le Marc
- Matin rouge au Guilvinec
- Soirées noires à Penmarc'h
- Double vie à Loctudy
- Signes de sang à Lesconil

Cédric Labb
- Les Démons du Midi
- Les Muses de Savoie

Jérôme Lucereau
- Anévrisme
- Chef-d'œuvre meurtrier à Lorient
- L'affaire Callac *(épuisé)*

René Le Clech
- Baston chez les voileux

Jean-Luc Le Pache
- Bréhat-culpa *(épuisé)*

Philippe Lepeuple
- Samba ni loi en pays nantais
- Poulets de Brest *La mauvaise farce (épuisé)*

Bruno Ségalotti
- Filouteries en Côtes-d'Armor *(épuisé)*
- La Phalange de l'Argoat
- Breizh Connection *(épuisé)*

Yves Horeau
- Une retraite pas très spirituelle *(épuisé)*

Luc Calvez
- Le fils du Tigre
- Les Graffeurs du Ponant

Michel Renouard
- La Java des voyous
- Les castrats de Bombay
- Requiem sur le campus
- Le bouillon de minuit
- La farine du Diable
- La Vénus de Malifeu

Jean-Christophe Pinpin
- Qui voit Groix voit sa croix
- Qui voit Sein voit sa fin
- Qui voit Ouessant voit son sang
- Qui voit Belle-Ile voit son île *(épuisé)*
- Qui voit Molène voit sa peine
- Toulouse au bout du siècle
- Traque à Hoëdic *(épuisé)*

Gisèle GUILLO

Tempête à Quiberon

Collection

ENQUÊTES & SUSPENSE

Quadri Signe - Editions Alain Bargain
125, Vieille Route de Rosporden - 29000 Quimper
E-mail : editions.alain.bargain@wanadoo.fr
Site internet : perso.wanadoo.fr/editions.bargain

AVANT-PROPOS

Ami lecteur,

Si vous passez par Quiberon, ne cherchez pas trop longtemps l'hôtel "Santez Anna".

La réalité n'est jamais aussi belle que lorsqu'on y ajoute un brin d'imagination.

I

C’était à marée basse qu’on avait localisé le corps. Il fallait faire vite car, avec le vent qui se levait de nouveau, on n’avait pas beaucoup de temps devant soi pour aller le récupérer au pied de la falaise et le remonter jusqu’au sentier côtier. Si seulement Grégoire, le fils de Bellon le ferrailleur, avait donné l’alerte plus tôt… Mais, une fois de plus, Grégoire était venu en cachette, “en infraction”, comme on le lui avait dit plusieurs fois. Il risquait une amende ; il le savait. Mais, malgré les menaces, sa passion de la moto – pour le moment, un simple cyclomoteur – était la plus forte. Et puis, le sentier qui longeait la Côte sauvage était l’endroit rêvé pour les rodéos.

Visage fouetté par le vent, on pouvait faire rugir le moteur et, dressé sur une roue, exécuter des sauts acrobatiques, foncer vers le bord de la falaise, amorcer, au dernier moment, des freinages en catastrophe. Grisant… Cela dégradait les bords du sentier et abîmait les touffes d’œillets sauvages qui s’incrustaient, bravement, dans les creux de rochers. Il le savait aussi.

— Et alors ? Les œillets, surtout sauvages, ça repousse, non ?

D'ailleurs, la préservation de la flore et toutes les foutaises du Conservatoire du littoral, c'est simple, il n'en avait rien, mais alors rien, à cirer.

Pourtant, vaguement conscient que cette grande forme sombre qu'il avait cru distinguer dans les remous du ressac n'était peut-être pas tout à fait normale, il avait lâché le morceau en rentrant du collège.

Comme prévu, le Père Bellon avait poussé un grand coup de gueule :

— Espèce de sale petit couillon ! Cette fois, l'amende, on n'y coupera pas. Ta moto, tu n'es pas près de l'avoir, c'est moi qui te le dis !

Et il avait appelé la gendarmerie.

Une heure plus tard, jugeant que le coup de tabac était passé, Grégoire était là, avec deux copains, pour assister au repêchage.

Les pompiers s'évertuaient : il fallait manier la gaffe pour dégager le corps coincé entre les rochers, le charger sur un brancard et le hisser en profitant des brefs répits que laissaient les vagues de plus en plus fortes. Quand ils atteignirent le sentier et avant qu'on eût lancé une couverture sur le brancard, un des copains de Grégoire se rapprocha :

— T'as vu le bras ? Il tient presque plus au reste !

Il se rapprocha encore :

— Et sa tête ? T'as vu sa tête ? Dites donc, il n'est pas beau à voir le pèlerin !

Grégoire haussa les épaules :

— Forcément, c'est plein de crabes par ici…

À distance, ils suivirent les pompiers jusqu'à la

route. Comme on finissait de charger le brancard dans la fourgonnette, on vit arriver les correspondantes d'*Ouest-France* et du *Télégramme*, dans la même voiture. Dame… Il faut bien s'entraider, surtout à cette saison. Il ne se passe pas grand-chose, à Quiberon, en automne…

— On sait qui c'est ? demanda une des journalistes.

— Non. On l'a fouillé rapidement. Pas de portefeuille, aucun papier. Mais il y a des étiquettes sur les vêtements ; ça ne devrait pas être trop difficile de l'identifier.

La fourgonnette démarra. Le vent redoublait. On se dispersa…

II

Margot avala une gorgée de thé, posa sa tasse sur sa soucoupe et leva les yeux. À travers les baies qui l'éclairaient sur trois de ses côtés, la salle à manger de l'hôtel semblait s'ouvrir sur le large. Au delà de la haie d'arbousiers et du moutonnement des dunes, le regard se perdait dans le gris du ciel à peine moins sombre que celui de la mer.

Ronronnement feutré des conversations, tintement des couverts sur les porcelaines, le bruit de fond était assourdi par l'épaisse moquette. Margot soupira d'aise : passer deux semaines dans ce havre de raffinement, cela allait être – elle chercha le mot – paradisiaque… c'est cela, paradisiaque. Et pourtant, elle avait hésité avant de décider de prolonger, à ses frais, ce déplacement professionnel. Elle avait bien fait de s'offrir ce cadeau. Pas bon marché, le cadeau… Mais, bah… on n'a pas tous les jours trente-cinq ans.

Un bruit léger lui fit tourner la tête. Poussé avec maestria par l'un des serveurs, le chariot des pâtisseries circulait entre les tables. Chariot des tentations… À son approche, les conversations baissaient d'un ton. Sur le plateau du haut s'offrait une débauche de gâteaux, babas, diplomates, tartes et charlottes nappées de coulis ; à l'étage au-dessous, les viennoiseries, fraîchement sorties du four, exhalaient une odeur irrésistible.

Margot fit face, bravement. Elle n'était pas descendue au “Santez Anna” de Quiberon pour s'infliger des tortures. Gâteaux à la crème au milieu de l'après-midi ? Quand même pas... Elle se fit servir une brioche et, aussi, pour une fois... un palmier. Puisqu'elle avait cédé à la tentation, autant s'abandonner à la volupté du péché. Margot savoura sa brioche, moelleuse à souhait, et entama le palmier au feuilletage aérien.

— Tout est-il à votre goût, Madame ?

Margot tourna la tête. Le maître d'hôtel s'inclinait vers elle. Le ton était respectueux tandis que le regard vérifiait l'éclat de l'argenterie et l'agencement du bouquet posé sur la table.

Margot déglutit le plus élégamment possible.

— Tout est absolument délicieux.

— Je le dirai au chef, cela lui fera plaisir.

Margot abandonna son palmier sur l'assiette.

— Parce que c'est à la qualité des pâtes que l'on reconnaît le talent d'un pâtissier.

— Si je puis me permettre, je suis tout à fait de votre avis, Madame.

Il souriait sans cesser de surveiller les évolutions du chariot.

« Un vrai professionnel », pensa Margot.

Un autre personnage venait de faire son entrée dans la salle à manger : grand, mince, épaisse chevelure blanche. Margot reconnut Stéphanopoulos, le directeur de l'hôtel qu'on lui avait présenté, à son arrivée, deux heures plus tôt. Il s'approcha :

— Je vois que vous avez fait la connaissance d'Édouard. Édouard est notre bon génie, il est partout, il veille à tout. Si vous avez besoin de quoi que ce soit, adressez-vous à lui ; il fera l'impossible pour vous satisfaire.

Édouard s'inclina de nouveau et s'éloigna.

Margot saisit la balle au bond :

— Pour demain, ce qui me serait très utile, ce serait de disposer d'un coin tranquille où je puisse traiter mes notes au fur et à mesure du défilé.

— On va essayer de vous trouver cela.

— Un coin tranquille, poursuivit Margot, mais à proximité de la cabine des mannequins…

Le directeur fit la grimace :

— Là, je ne vous promets rien ; on nous a demandé une salle d'essayage, une cabine de maquillage ; on va réquisitionner le bureau des secrétaires pour le transformer en salon de coiffure…

Margot ne se tint pas pour battue :

— Vous comprenez, pour mes lectrices, ce qui se passe en coulisses est aussi intéressant que ce qui défile sur le *catwalk*…

— Le *catwalk* ?

— Le podium où défilent les top models. Je crois que je suis seule à couvrir l'événement pour la presse féminine…

Et, un rien allumeuse, histoire de faire chatoyer le

blond cendré de ses cheveux, elle fit valser sa queue de cheval et décocha un de ses sourires à fossettes, généralement très efficace.

En effet, Stéphanopoulos, vaincu, soupira :

— Je vais avertir la gouvernante de vous libérer l'annexe de la lingerie.

Et avec une amabilité qui n'était pas que commerciale, il ajouta :

— J'apprécie, croyez-le bien que, pour la première fois que j'accueille une présentation de haute couture, on nous ait envoyé la rédactrice en chef de *Personna*.

— Je ne suis pas rédactrice en chef, protesta Margot.

— Pas encore, dit-il, mais cela viendra, et vite !

Margot sentit peser sur elle un regard qui la jaugeait.

Elle le regarda continuer son tour de salle, avec un mot aimable à chaque table, courtois sans servilité, très grand seigneur.

— Un homme à femmes, jugea Margot. Et beau mec, avec cela…

Son goûter terminé, elle alla dans le hall d'entrée où, sur une console, s'empilaient les journaux mis à la disposition de la clientèle. Par curiosité, elle jeta son dévolu sur *Ouest-France*, chercha la page consacrée à Quiberon :

— Qu'est-ce qu'on peut bien raconter, au mois d'octobre, dans la rubrique locale d'une petite ville ?

En effet, pas grand-chose. On donnait les heures

des marées, le programme du cinéma ; on annonçait la présentation de haute couture du lendemain. Le gros titre était celui d'un fait divers :

« *FATALE IMPRUDENCE : UN PROMENEUR SE NOIE SUR LA CÔTE SAUVAGE.* »

III

Margot balaya du regard le grand salon de l'hôtel "Santez Anna". Tout était prêt pour le défilé de haute couture : fenêtres occultées par d'épais doubles-rideaux, lustres étincelant de tous leurs feux. Guéridons, fauteuils et canapés avaient disparu, remplacés par des rangées de petites chaises volantes à dossiers noirs et sièges de velours rouge de style Napoléon III. À part le premier rang, réservé, lui avait-on dit, aux "personnalités" représentant les municipalités et la Chambre de commerce, la salle était comble. L'assistance était très différente de celle des grands shows parisiens : peu de professionnels, et, en majorité, la clientèle habituelle des hôtels de luxe, celle du "Santez Anna" et du "Sofitel", le célèbre hôtel de thalassothérapie, situé de l'autre côté de la presqu'île.

La chaleur devenait suffocante. Margot surprit le geste d'un garçon s'essuyant discrètement le front tandis qu'il distribuait à chaque spectatrice une rose rouge offerte par la Direction.

Se rapprocher de la cabine d'habillage n'allait pas être une mince affaire… Margot se glissa dans l'étroit passage ménagé entre le mur de côté et les rangées de chaises. Elle dut se plaquer contre la paroi pour laisser passer deux garçons portant à bout de bras des sièges supplémentaires, le temps de repérer quelques visages connus : deux acheteuses parisiennes qui n'avaient pas hésité à faire le déplacement à Quiberon afin d'être les premières à choisir les modèles à succès pour les boutiques branchées de Saint-Germain et du Marais. Quelques pas encore en direction de la porte et elle s'immobilisa de nouveau pour céder le passage à un troisième porteur de sièges. Elle se trouvait à la hauteur du premier rang – celui des officiels – où une spectatrice, casquée d'une opulente chevelure d'un roux ardent, avait pris place. Édouard surgit aussitôt ; sa mimique était éloquente : il tentait de déloger l'intruse. Mais celle-ci faisait de la résistance. La flamboyante chevelure s'agitait, faisait des signes de dénégation. À ce moment, Stéphanopoulos intervint. Margot le vit chuchoter quelques mots à l'oreille d'Édouard et s'incliner profondément pour saluer la spectatrice.

Margot parvint à la porte du hall. Amusée, elle se retourna pour dévisager l'héroïne de l'incident. Elle ne vit qu'un visage dérobé par d'énormes lunettes sombres et la rose rouge, agrafée en guise de broche, qui traçait sur le noir de la robe comme une traînée de sang. Dans le hall d'entrée, des hôtesses filtraient les invités parmi lesquels des curieux tentaient leur chance. Stéphanopoulos et son adjoint accueillaient les invités au milieu des flashes : faute de pouvoir approcher les top models, les photographes se rabattaient sur les officiels qui arrivaient par petits groupes.

On commentait la noyade de la veille, l'imprudence de certains promeneurs, malgré les mises en garde des autorités. Margot fendit la foule, à la recherche de Louise, l'attachée de presse avec qui elle avait déjà travaillé. Elle la trouva au salon de coiffure où elle s'était fait faire un brushing.

— Profite de l'aubaine, dit Louise ; Alexandre coiffe divinement. Il en a terminé avec les filles. Je lui demande de te faire un “brush-express” ?

Margot secoua la tête :

— Les pourboires des brushings gratuits… Je connais le tarif… Merci bien !

Sans écouter les protestations de Louise, Margot changea de sujet :

— Et le défilé, ça se présente bien ?

— Tu veux rire ! Comme d'habitude, on est en plein drame. Salviati n'a pas daigné faire le voyage. Il a envoyé Gaëtan. Tu le connais, Gaëtan ?

— Bien sûr, fit Margot.

— En ce moment, Salviati ne jure que par lui. À la dernière minute, Gaëtan a chamboulé tout ce qui avait été décidé au *fitting*. Il a décrété que Sarah était la seule à sentir l'esprit de la collection. C'est elle qui présente toutes les robes du soir. Elle aura à peine le temps de se changer. Shirley est verte de rage et Katouchka a piqué une crise de nerfs.

— Formidable, dit Margot avec gourmandise. Ça va beaucoup plaire aux lectrices, ça…

Devant la cabine d'habillage, Gaëtan montait la garde. Il s'était fait un look d'enfer : jean pailleté, taille basse qui lui découvrait un nombril bronzé, agrémenté de piercings ; autour de la tête, un turban à la corsaire avec un anneau à l'oreille gauche. Il entrouvrit la porte :

— On se presse là-dedans ? On commence dans trois minutes !

L'un des mannequins criait qu'elle allait téléphoner à son agence.

— Ta gueule, ma beauté ! dit Gaëtan avec un sourire suave.

Katouchka éclata en sanglots.

— C'est pas possible, rugit le maquilleur, c'est la troisième fois que je lui refais les yeux. Si vous n'arrêtez pas, je ne réponds plus de rien.

Cela prenait bonne tournure. Margot, très satisfaite, s'éclipsa pour prendre ses premières notes.

Le "coin tranquille" qu'on lui avait ménagé était squatté par des confrères de la presse locale, pressés de téléphoner à leur rédaction la nouvelle du jour : la police venait de communiquer l'identité du noyé de la Côte sauvage. On allait présenter, en avant-première, un grand show de la mode internationale et ils ne s'occupaient que d'une noyade accidentelle…

« C'est beau la province ! » pensa Margot.

Elle regagna le salon alors que s'allumaient les spots braqués sur le podium. Le défilé commençait. Sur fond sonore psychédélique, les tops avançaient jusqu'au bout du *catwalk*, virevoltaient et repartaient : épaules carrées, tailles de guêpe, jambes interminables, regard lointain et démarche d'extraterrestres.

Dans la salle, les messieurs à cravate s'empourpraient tandis que les femmes chuchotaient que c'était "im-por-table". On fit silence lorsque Sarah passa les robes du soir. Noire, lumineuse, aérienne, elle semblait ne pas toucher terre avec une grâce de gazelle éthiopienne.

— La beauté à l'état pur, murmura quelqu'un.

On avait respecté la tradition : la robe de mariée clôturait le défilé. Pas vraiment virginale, la robe ; plutôt provocante... C'était Shirley qui la passait, seins dévoilés sous la dentelle et jupe à volants formant traîne par-derrière et, par-devant, retroussée en chou jusqu'au pubis. Elle fut très applaudie.

Sans attendre, Margot fila jusqu'à son bureau improvisé pour rédiger et faxer son papier. Lorsqu'elle revint, au bout d'une demi-heure, le cocktail battait son plein. Devant un parterre impressionné, Gaëtan terminait son numéro de "jeune styliste génial qui monte, qui monte".

Margot se fit servir un gin-tonic et deux canapés.

— Chic ! C'est du foie gras et il est bon !

Elle avait parlé tout haut. Une dame en tailleur sombre "amincissant" la regardait avec envie.

— Vous ne prenez rien, demanda Margot ?

La dame en tailleur baissa le nez vers son Perrier-citron.

— Je suis en cure diététique.

Un des journalistes d'*Ouest-France* s'approchait.

— Alors, lui dit poliment Margot, ce noyé ? On sait qui c'est ?

— Oui, un vétérinaire de Rennes, en retraite, qui venait de s'installer à Quiberon.

Son confrère du *Télégramme* renchérit :

— Il paraît qu'il y a à peine un mois qu'il habitait ici… Pauvre type !

— Un vétérinaire ? Qui a dit que c'était un vétérinaire ?

Ils se retournèrent, tous. Margot avait immédiatement reconnu celle qui venait de parler. C'était l'intruse du premier rang, la femme à la rose. Elle avait gardé ses lunettes à travers lesquelles on devinait ses yeux – noirs peut-être… La voix était chaude, un peu rauque, avec un léger roulement des “r”

— Mais la police ! dit un des journalistes.

L'inconnue paraissait s'amuser. Un sourire se jouait sur ses lèvres pleines, charnues, intensément maquillées, du même rouge que la rose qui pendait maintenant sur la robe :

— Il arrive que la police se trompe…

Des serveurs circulaient. Au passage, la femme à la rose cueillit une coupe avant de s'éloigner en roulant les “r” de plus belle :

— Pauvrre vétérrinairre, comme c'est trriste !

— Vous savez qui c'est, demanda Margot ?

— Aucune idée, répondit le journaliste.

IV

Sur le point de sortir de l'ascenseur, Margot se contempla un instant dans le grand miroir, plutôt satisfaite de sa nouvelle tenue de jogging. Le blouson était peut-être un peu ample…

— Mais c'est vrai que ça amincit les hanches… Anne-Marie a bien fait de me conseiller le rose, ça donne bonne mine.

À cette heure matinale, le hall de l'hôtel commençait à peine à s'animer.

À chaque fois que les portes extérieures s'ouvraient, une bouffée d'air marin s'engouffrait. Margot savoura à l'avance la promenade qu'elle allait faire.

Les portes se rouvrirent largement pour laisser passer un arrivage d'Anglais bardés de sacs en tous genres et une rafale balaya les dépliants posés sur la console de l'entrée.

— Bien dormi ?

Debout, accoudé au comptoir d'où il donnait des instructions aux réceptionnistes, Stéphanopoulos la saluait.

« Il y a des hommes que les cheveux blancs rajeunissent, se dit Margot. Ce n'est pas juste ! »

Elle savait, par la femme de chambre ensommeillée qui lui avait apporté son thé que, pour le personnel et son directeur, la nuit avait été brève, écourtée par les remerciements à toute l'équipe de la maison de couture qui avait regagné Paris le soir même et en ordre dispersé. Mais Stéphanopoulos avait la pêche ! Aucune trace de fatigue sur son visage bronzé. Œil vif et sourire éclatant, il saluait au passage les premiers clients qui se dirigeaient vers le buffet du petit-déjeuner.

— Tout s'est bien passé hier ? s'enquit aimablement Margot.

— Il me semble, oui. J'ai ramené le styliste, Gaëtan…

— Gaëtan Strecher ?

— C'est cela. Je l'ai ramené à Lann-Bihoué. Il paraissait très satisfait.

— Au fait, dit Margot, je ne vous ai pas encore remercié pour votre accueil ; les fleurs et surtout la chambre avec vue sur mer… je ne m'attendais pas à cela.

— Nous ne sommes pas encore en pleine saison ; alors, quand on peut faire plaisir… Et puis, dans votre métier, on côtoie beaucoup de monde. Si vous êtes satisfaite de votre séjour au “Santez Anna”, si vous le faites savoir…

— Comptez sur moi ! dit Margot.

La porte de l'ascenseur s'ouvrit et, dans le groupe qui en descendait, Margot reconnut la “femme à la rose”, sans la rose, en pantalon et pull-over. Elle fila vers la console où l'on avait disposé les journaux du matin.

— Qui est-ce ? chuchota Margot.

— Vous ne l'avez pas reconnue ?

— C'est elle qui voulait s'asseoir au premier rang, parmi les personnalités…

— Mais, c'est une personnalité !

Stéphanopoulos chuchotait, lui aussi :

— C'est Francesca Verani-Gobi.

Margot laissa passer un silence interrogateur…

— Vous aimez l'opéra ? demanda Stéphanopoulos.

— Pas beaucoup… enfin… non, pas vraiment.

Le sourire du directeur se teinta d'une nuance de condescendance :

— De toute manière, vous êtes trop jeune pour l'avoir entendue au temps de sa notoriété. Il y a une dizaine d'années, elle régnait encore sur toutes les grandes scènes internationales. Elle avait le don d'enflammer le public.

À ce moment, Francesca Verani-Gobi leur tournait le dos mais, comme aimantée par les regards qui pesaient sur elle, elle pivota, enleva ses lunettes sombres et les fixa.

— Venez, dit Stéphanopoulos, je vais vous présenter…

Immobile, elle les regarda venir à elle et coupa court aux présentations :

— Nous avons fait connaissance, hier soir, au cocktail.

Et sans laisser à Margot le temps de discuter :

— Suivez-moi, nous allons prendre le petit-déjeuner ensemble.

Elle avisa un jeune serveur aux cheveux frisés :

— Jérrôme, préparez-nous une table. Thé ? Café ?

Margot tenta de protester :

— J'ai déjà pris un thé, j'allais courir un peu sur la plage…

— Vous courrez bien mieux après un solide breakfast ; il ne faut jamais faire d'effort physique sans avoir mangé.

Le ton était sans réplique. Margot se laissa entraîner. D'ailleurs, quelque chose dans cette femme l'intriguait. À table, elle la dévisagea. Cheveux en liberté, à peine maquillée, elle paraissait plus jeune que la veille : beau visage ravagé de rides, dévoré par les yeux sombres, immenses, largement cernés de bistre.

À la table voisine, un couple entre deux âges les gratifia d'un salut cérémonieux.

— C'est un colonel en retraite et sa femme, dit Francesca. Très ennuyeux et collants. À fuir comme la peste.

Un signe de la main et le serveur accourut :

— Jérrôme, pour le thé, si vous aviez du citrron verrt… Et se tournant vers Margot : c'est Jérrôme, il est adorrable !

Elle roulait de nouveau les “r”.

Francesca Verani-Gobi désigna les journaux :

— Ainsi, vous êtes journaliste ? J'espère que vous

n'allez pas servir à vos lecteurs cette histoire de promeneur inconnu.

« Ça recommence, pensa Margot, c'est une obsédée. »

— Je suis chroniqueuse de mode. Je ne m'occupe pas des faits divers.

Francesca Verani-Gobi emplit les tasses, y plaça d'autorité deux rondelles de citron vert :

— Oh, c'est bien plus qu'un fait divers. C'est une mort dont toute la presse va faire ses choux gras !

— Mais enfin, dit Margot avec une pointe d'agacement, ce noyé, si ce n'est pas un inconnu, qui est-ce ?

Francesca regardait, à travers la baie, les arbustes ployés sous le vent. Elle se pencha par-dessus la table :

— Je ne sais pas pourquoi je vous parle de tout cela... peut-être parce que vous m'êtes très sympathique... C'est immédiat, la sympathie, c'est inexplicable...

Puis brusquement :

— Vous avez entendu parler d'Herman Sébastian ?

Margot n'hésita qu'une seconde :

— Le chef d'orchestre ?

— C'est cela. Vous aimez la musique, n'est-ce pas ?

Il y avait comme une prière dans la voix un peu rauque.

— N... Oui, mentit Margot. Mais, même si on

n'aime pas la musique... Herman Sébastian est connu, c'est quelqu'un de tellement médiatisé...

Son interlocutrice semblait soulagée :

— Vous trouvez ? Vous avez raison. C'est pour cela qu'on hésite à révéler son nom. Vous imaginez la contre-publicité pour la station, pour l'hôtel !

— Pour l'hôtel ? Il était descendu au “Santez Anna” ?

Francesca se pencha un peu plus :

— Oui, c'est la troisième fois qu'il venait faire une cure au “Sofitel” de Quiberon. Il paraît que c'est ce qui se fait de mieux en thalassothérapie. Mais il logeait ici. Dès que ça va se savoir, les journalistes vont arriver en masse. C'est pour cela qu'au “Sofitel” comme au “Santez Anna”, on cherche à gagner du temps. C'est un tuyau, cela, non ?

Margot acquiesça.

— Mais, pour le moment, ne dites rien à personne. Le directeur serait furieux. Promis ?

— Promis, dit Margot en se levant, bien décidée à utiliser au plus vite le “tuyau”...

V

Premièrement, vérifier l'information, le b.a.-ba du métier. Le jeune serveur à la toison frisée débarrassait une table. Prêcher le faux pour savoir le vrai, c'était une méthode éprouvée.

— Jérôme !

— Ce n'est pas Jérôme, Madame, c'est Lucien.

— Ah, j'avais cru… c'est sans importance. Vous savez quand a lieu le concert ?

— Quel concert, Madame ?

— On m'a dit qu'il allait y avoir un concert, organisé par un client de l'hôtel, vous savez, le chef d'orchestre…

Le serveur ouvrit des yeux ronds, trop ronds…

— Je ne suis pas au courant.

Et il s'éclipsa. Raté. Au suivant. Margot louvoya entre les tables vers le maître d'hôtel.

— Édouard ?

— Madame ?

— Monsieur Stéphanopoulos m'a dit que vous pouviez tout.

Édouard s'inclina, souriant :

— Pas tout, mais presque…

— C'est au sujet d'Herman Sébastian.

Le sourire d'Édouard s'effaça.

— Je ne vois pas de qui vous voulez parler, Madame.

« Bon, pensa Margot. Il y a vraiment anguille sous roche. »

Elle retourna dans le hall où le directeur se disposait à regagner son bureau. Avec celui-là, le mieux était d'aller droit au but.

— J'ai besoin de vous. Voilà, je voudrais... je voudrais que vous m'aidiez à obtenir une interview d'Herman Sébastian.

Stéphanopoulos la toisa d'un regard presqu'admiratif :

— Eh bien, on peut dire que vous êtes douée ! Il n'y a pas vingt quatre heures que vous êtes ici et vous savez déjà ce qu'il ne faut pas savoir.

Il hésita un moment puis baissa la voix :

— Je vais vous dire la vérité. Herman Sébastian était attendu chez nous avant-hier. Il nous a fait prévenir qu'il aurait deux jours de retard. Il est arrivé tôt ce matin en compagnie de son secrétaire, comme d'habitude, et, comme d'habitude, il exige l'incognito le plus absolu. Il ne voit personne : on sert tous les repas dans sa suite. Il ne sort que pour aller faire sa cure au centre de thalassothérapie, en dehors des heures habituelles et toujours en taxi. Il reçoit tous les soins en cabine particulière. Là-bas, comme ici, le personnel a des consignes très strictes pour lui assurer une discrétion totale. Donc, pour l'interview, c'est “niet”.

Il fit trois pas en direction de son bureau et revint vers Margot :

— Un dernier mot. N'essayez pas de suborner le personnel. Ici, aucun employé ne se laissera corrompre ni par les cadeaux ni par les pourboires, même énormes. D'ailleurs, et il la toisa de nouveau d'un air amusé…

— D'ailleurs, enchaîna Margot, avec votre clientèle, pour les cadeaux et les pourboires, je ne ferais pas le poids.

Il se mit à rire :

— Non, peut-être pas.

Et il lui tourna le dos.

Le hall, à présent, bourdonnait d'allées et venues. Au comptoir, les réceptionnistes donnaient des renseignements, les bateaux pour Houat, Hoëdic, Belle-Île, les horaires des marées, les prospectus pour Carnac et la Trinité-sur-Mer. Du dehors arrivaient, des coups de bourrasque qui faisaient voltiger les papiers. Margot répondit à l'appel du vent. Elle sortit et aspira goulûment une grande bouffée d'air marin.

À chaque foulée, le sable fin crissait. Margot trottait le long de la grande plage et, dans sa tête, les pensées trottaient aussi.

« Drôle d'histoire… Herman Sébastian, noyé avant-hier, et arrivant, bien vivant, au “Santez Anna”, ce matin… »

« Est-ce que le directeur m'a menti ? Et, dans ce cas, pourquoi ? Ce motif de contre-publicité ne tient pas. Tout le monde peut se noyer, les chefs d'orchestre aussi. »

Elle s'arrêta pour rajuster son écharpe. Difficile. Elle avait le vent dans le dos. Elle dut se retourner pour en refaire le nœud. Elle reprit sa course et le fil de ses pensées.

« Cette Verani… comment déjà ? D'où tient-elle ses informations ? Et pourquoi s'intéresse-t-elle tant à cette noyade ? Et moi ? Pourquoi cela m'intéresse-t-il ? Une interview d'Herman Sébastian ? C'était un prétexte pour faire réagir le directeur. Mais, maintenant, j'ai envie d'en savoir plus. Déformation professionnelle… »

Elle s'arrêta de nouveau, leva le nez, cligna des yeux.

« Et pourtant, on ne voit pas le soleil. »

Les nuages laissaient filtrer une lumière diffuse qui rendait le sable blanc presqu'aveuglant.

« Demain, il faudra que je prenne mes lunettes noires. »

Un peu essoufflée, elle arriva au bout de la plage.

« Je dois être à la hauteur de Beg er Vil, d'après ce que m'a dit le portier. »

Au delà, c'était la plage du Goviro et l'hôtel "Sofitel Thalassa", but de son jogging matinal. Elle contempla le long bâtiment blanc. Là, si le directeur avait dit vrai, Herman Sébastian commencerait sa cure dès cette après-midi.

« À quel moment a-t-il le plus de chance de ne faire aucune rencontre ? À l'heure du déjeuner. Les repas, c'est la grande distraction des curistes. D'autant, qu'au "Sofitel", la cuisine, même diététique, est, paraît-il, délicieuse. »

La décision fut vite prise. Assez couru pour ce matin. Rebrousser chemin, déjeuner sur le pouce, dans un café, puis revenir au "Santez Anna" pour guetter la sortie de Sébastian.

Elle reprit le trajet en sens inverse, mais, cette fois, vent debout, comme disent les marins. Elle quitta la plage pour monter sur le boulevard Chanard. Là, ça soufflait un peu moins fort.

Encore une centaine de mètres et, lasse de lutter contre les rafales, elle se laissa tenter par la salle illuminée d'une brasserie.

— Une omelette-salade et un café.

— Une omelette-salade ? C'est dommage ! dit le patron. Ça ne vous dirait pas des moules marinière ? On vient de les faire.

— Des moules marinière ? Pourquoi pas…

— Vous allez vous régaler, dit le patron.

Il avait dit vrai. Tout en dégustant ses moules, Margot écoutait. Seules, quelques tables étaient occupées. Pour les habitués, les conversations se faisaient au comptoir. Il n'était question que du noyé de la Côte sauvage.

— La police, elle, n'avait pas traîné pour découvrir qu'il s'agissait d'un vétérinaire de Rennes.

— Comment on l'avait su ?

— Par sa femme de ménage qui avait signalé sa disparition.

Margot n'avait pas à tendre l'oreille. Au comptoir, on avait le verbe haut.

— Le vétérinaire, il vivait seul ?

— Oui, il était veuf.

— Il venait de vendre son cabinet. À ce qu'on dit, il y avait à peine un mois qu'il s'était installé à Quiberon

— Pauvre type ! En voilà un qui n'aura pas profité longtemps de sa retraite.

VI

En sortant, Margot acheta les journaux locaux. La noyade de Quiberon figurait en bonne place à la rubrique des faits divers. On avait identifié la victime grâce à ses vêtements et à ses papiers repêchés le lendemain de l'accident. L'identification avait été confirmée par un neveu venu de Rennes reconnaître le corps à la morgue de Vannes. Les articles concluaient sur l'imprudence de la victime et de tous les curieux qui, malgré les mises en garde, s'aventuraient sur la Côte sauvage les jours de tempête.

Dix minutes plus tard, Margot traversait le hall du "Santez Anna". Elle ne fit que passer dans sa chambre, juste le temps de prendre son appareil-photo, un cadeau de Vincent, du temps de leurs amours… Avec cette petite merveille, le développement suivait immédiatement la prise de vue.

Négligeant l'ascenseur, elle emprunta l'escalier qui débouchait dans le couloir des bureaux et sortit par une des portes de service. Elle se retrouva dans une cour qui longeait toute la façade nord de l'hôtel, celle que ne voyaient jamais les clients. Au ronflement des machines, elle situa une buanderie, jouxtant la lingerie. Sur la droite, il y avait une sortie de garage ; elle jeta un coup d'œil : des machines de jardinage et des véhicules utilitaires. C'était le seul endroit où une voiture, venant de l'extérieur, pouvait stationner sans se faire remarquer. Margot consulta sa montre : douze heures cinquante. C'était le bon moment. Elle décida d'attendre, planquée derrière un muret contre lequel s'adossaient d'énormes poubelles. Le vent soufflait moins fort mais, de là à dire qu'il faisait chaud… Les mains dans les poches, elle se recroquevilla dans sa doudoune.

L'attente ne fut pas longue. Au bout de quelques minutes, un taxi arriva. D'une porte de service, un homme plutôt jeune, en blouson, surgit, ouvrit la portière du taxi, se pencha pour dire quelques mots au chauffeur et rentra. Deux minutes plus tard, il sortait de nouveau, cette fois accompagné d'un homme aux cheveux blancs. Margot n'eut que le temps d'ajuster pour faire sa première photo. L'homme aux cheveux blancs semblait maigre, sanglé dans un imperméable trop long, serré à la taille, qui lui faisait une silhouette de policier des années cinquante. Il s'engouffra dans la voiture. Margot, à toute vitesse, fit encore deux prises. Le déclic de l'appareil avait fait lever les yeux de l'homme en blouson. Il balaya la cour du regard obligeant Margot à se reculer derrière les poubelles. La voiture démarra avec son passager et l'homme en blouson rentra dans l'hôtel.

*

Développées, les photos se révélaient assez nettes,

suffisantes en tout cas pour l'usage que Margot voulait en faire.

Il était trois heures de l'après-midi lorsqu'elle poussa la porte d'un magasin de disque. Elle fouilla dans les bacs sans rien trouver et finit par appeler le disquaire à la rescousse.

— Le dernier enregistrement d'Herman Sébastian ? Je ne suis pas sûr d'avoir cela mais j'ai des choses récentes.

Le disquaire lui tendait un CD.

— Brahms, trois symphonies enregistrées avec l'orchestre de Cleveland. Cela vous plairait ? Vous aimez Brahms ?

Margot faillit lui répondre qu'elle ne connaissait Brahms que de nom mais elle se retint. La pochette du disque représentait Sébastian en buste, face à l'orchestre. Comparer avec ses propres photos ? Inutile. Au premier coup d'œil, elle l'avait reconnu. C'était bien le même visage carré, massif, la même expression impérieuse, les mêmes yeux délavés.

L'idée de l'interview faisait son chemin… Réussir à approcher cet homme qui se voulait inaccessible et, pour une fois, écrire sur autre chose que la longueur des jupes !

À trois reprises, dans l'après-midi, elle essaya de joindre son rédacteur en chef. Il était en rendez-vous ou en communication. À dix-neuf heures, il la rappela.

— Un papier sur Herman Sébastian ? Pourquoi pas… Mais pas de la guimauve, hein ! Pas le genre questions-réponses rédigées par l'attachée de presse de la maison de disques ! Je te préviens, si tu as envie de te lancer dans le *people*, il me faut de l'inédit, des trucs intimes, un peu dérangeants si possible… du sexe quoi… Tu vois ?

— Je vois très bien.

Elle raccrocha, impatiente de raconter tout cela à Anne-Marie et de lui demander quelques conseils.

— Entre copines, on peut s'entraider.

Anne-Marie n'était pas chez elle. Elle laissa un message et commença à ébaucher un projet d'interview "dérangeant". À huit heures, elle y pensait encore tout en se prélassant dans un bain moussant, si bien qu'elle arriva à la salle à manger alors que la plupart des clients terminaient leur dîner. Elle avait complètement oublié la femme à la rose mais, en entrant, elle l'aperçut qui lui faisait signe, à une table du fond.

Discrètement, Margot feignit d'ignorer le regard un peu vague de son interlocutrice et la bouteille aux trois quarts vide dans le seau à champagne. Mais Francesca ne paraissait nullement gênée.

— C'est une délicate attention du directeur…

— Vous en avez de la chance, dit Margot.

Francesca appela le serveur :

— Jérôme, une coupe pour Madame, s'il vous plaît.

Margot suivait son idée :

— Au fait, Herman Sébastian, vous le connaissez bien ?

— Si je le connaissais ! Mais voyons !

Elle souriait, indulgente devant tant d'ignorance. « Elle me prend pour une idiote, pensa Margot. »

— Mais, voyons, reprit Francesca, nous avons tellement souvent travaillé ensemble ! Il m'a dirigée au festival de Salzbourg, au Staatsoper de Vienne ; c'est lui qui m'a fait débuter au Met, à New York, et puis...

Margot avait sorti les photos de son sac, elle les lui mit dans la main.

— Cela, ça vous dit quelque chose ?

Francesca regardait, rêveuse :

— Il porte beau là encore, mais comme il est vieilli... Ça date de quand ?

— De ce matin.

Margot savoura son effet. Francesca la fixait interloquée :

— Vous plaisantez ?

— Pas du tout. J'ai pris ces photos moi-même, aux environs de midi. Herman Sébastian est ici, il est arrivé à l'hôtel avec deux jours de retard. Je l'ai vu, de mes yeux, partir pour sa cure en taxi.

Francesca, muette, reprit les photos, les examina encore puis elle ôta ses lunettes, vida sa coupe et se pencha vers Margot :

— Mais, alors... l'homme que j'ai tué, c'était qui ?

VII

Ouvrir tout grand la baie, respirer une bouffée d'air matinal… Margot s'accoude au balcon de sa chambre : Il y a le vent ; ici, impossible de l'oublier. Il y a le ciel et la course folle des nuages… Il y a la mer.

« Marée basse », a dit le portier. Elle est loin la mer mais elle est là quand même, dans les flaques scintillantes, au creux des rochers. Et puis, on la sent… Elle inspire profondément deux fois, trois fois :

« C'est vrai que c'est vivifiant ici ; je vais rentrer en superforme ! »

Le vent courbait les buissons. Elle resta un moment à guetter une échancrure de ciel bleu dans une effilochure de nuages éperdus. Et elle revint à ses pensées. « Elle est folle, elle est complètement folle… »

Depuis son réveil, elle se répétait la dernière phrase de Francesca, la veille au soir.

« D'abord, si elle avait son bon sens, elle ne raconterait pas des choses pareilles à une inconnue. C'est vrai, elle me connaît à peine… Je pourrais aller la dénoncer à la police, je devrais même le faire… »

Elle passa à la salle de bains, se brossa longuement les cheveux. « Les cheveux, c'est ce que j'ai de mieux… » Elle noua sa queue de cheval.

« Qu'est-ce que je raconte ? Aller raconter quoi à la police ? Le vétérinaire s'est noyé accidentellement. Tout le monde le dit. C'est une mythomane... D'ailleurs, elle a un charme fou mais elle est quand même un peu étrange ! Et puis, cette histoire de vétérinaire, je m'en moque. Ce que je veux c'est faire un papier sur Sébastian et, dans l'immédiat, courir sur la plage. Je suis en vacances, oui ou non ? »

Dans le hall, Stéphanopoulos lui barra le passage :

— On ne passe pas !

Il arborait son sourire séducteur :

— Alors quoi, belle dame, on n'en fait qu'à sa tête ? Inutile de jouer l'innocente. On vous a vue hier. Une des femmes de chambre qui travaillait à la lingerie. Elle se demandait ce que vous pouviez bien faire derrière les poubelles et pourquoi vous preniez des photos dans la cour alors qu'on a une si belle vue côté mer. Elle a tout raconté à la gouvernante.

Mieux valait plaider coupable.

— Prendre des photos, ce n'est pas un crime, dit Margot.

— Non, ça peut être un délit : atteinte à la vie privée. On peut intenter des procès pour ça et on les gagne presque toujours.

Margot tenta un regard attendrissant, de bas en haut, genre Lady Di. Mais Stéphanopoulos, c'était évident, n'était pas du genre à s'attendrir.

— Vous n'êtes pas la première à essayer de l'approcher mais, vous vous casserez les dents. Et ne comptez pas sur moi pour essayer de vous défendre !

« Stéphanopoulos était le directeur, d'accord. Et il était bel homme, encore d'accord. Mais, un de ces jours, pensa Margot, je vais le remettre à sa place. Qu'est-ce que c'est que ces façons de vous déshabiller des yeux ! »

Elle opta pour un repli en douceur.

— Bon, fit-elle, faussement résignée ; je vais peut-être laisser tomber.

— Vous feriez bien.

Elle sentit son regard qui ne la lâchait pas tandis qu'elle sortait. Le quai de l'Océan, et la route de Port Maria. Depuis dix minutes, Margot marchait, sans se rendre compte qu'elle ralentissait le pas, tout occupée par la tactique à adopter pour approcher Herman Sébastian... Elle s'apprêtait à descendre sur la grande plage, lorsqu'elle vit Francesca qui déambulait le long des boutiques du boulevard Chanard.

— Après ce qu'elle m'a dit hier soir, voilà qu'elle fait du lèche-vitrines ! se dit Margot. Elle est complètement inconsciente !

Francesca en pantalon de velours côtelé et en ciré marin était aussi élégante qu'en robe du soir. Elle parut soulagée à la vue de Margot :

— Ah, c'est vous ! Je vous ai cherchée ce matin.

— J'ai pris mon thé dans ma chambre.

— Je vous vois au déjeuner ?

Margot secoua la tête :

— Non. Au dîner, si vous voulez. Au déjeuner, je me contente d'un sandwich ; je suis en demi-pension.

— Je comprends, dit Francesca.

Une grosse ride d'inquiétude lui barrait le front :

— À propos de ce que je vous ai dit hier soir, je regrette…

Silencieuse, Margot attendait la suite :

— Qu'est-ce qu'elle regrette de l'avoir dit ou de l'avoir fait ?

— C'est une erreur stupide, enchaîna Francesca, mais j'ai des excuses De loin, c'était la même silhouette, cet homme un peu trop maigre, ces cheveux blancs. N'importe qui s'y serait trompé. Et quelle idée aussi d'aller se promener si près des rochers, un jour de tempête !

Margot dressa l'oreille :

— Parce que Sébastian aussi…

Francesca contemplait d'un air absent, la vitrine d'un magasin de décoration.

— Mais bien sûr, dit-elle, chaque année, quand il vient ici, il se promène, seul, le long de la Côte sauvage.

— Qui vous l'a dit ?

— Édouard, le maître d'hôtel, mais tout le personnel le sait. Moi aussi, je le sais. Sébastian a toujours adoré la tempête. Il prétend que ça l'inspire.

Elles firent quelques pas et Francesca s'arrêta de nouveau, hocha la tête.

— Mais je regrette vraiment pour ce pauvre homme, un vétérinaire, paraît-il ?

Margot acquiesça :

— Oui, un vétérinaire en retraite.

— Ce qui est consolant, dit Francesca pensivement,

c'est qu'il n'a pas souffert. Il est tombé tout de suite.

Comme remords, c'était vraiment le minimum…

Margot retint son souffle, laissa passer quelques instants et s'efforça de prendre un ton aussi naturel que possible :

— Au fait, ce… cet homme, de quelle façon l'avez-vous tué ?

Francesca se tourna vers Margot, étonnée.

— Mais avec un revolver, évidemment !

— C'est que, dit Margot avec une malice qui n'était pas complètement feinte, il y a différentes méthodes, vous auriez pu, je ne sais pas, moi… l'empoisonner ou l'étrangler…

Francesca secoua la tête :

— Nous ne sommes plus au Moyen Âge !

— Et, bien entendu, continua Margot, vous avez l'habitude de vous promener avec un revolver dans la poche ?

Francesca esquissa un sourire comme si elle appréciait l'humour de la question :

— L'habitude… Non. Je m'en étais procuré un pour l'occasion.

C'était à ne pas en croire ses oreilles ! Donc, préméditation : circonstance aggravante !

— Et vous savez vous servir d'un revolver ? Vous avez pris des leçons de tir ?

— Inutile. On s'en fait une montagne, mais, finalement, c'est facile, terriblement facile… Une fois qu'on vous a expliqué le fonctionnement.

Elles marchaient côte à côte, s'attardant devant une vitrine ou l'autre comme si cette conversation surréaliste avait été tout ce qu'il y a de plus normal.

— Et, dit Margot, vous avez… l'homme, vous l'avez… eu du premier coup ?

— Du premier coup. Heureusement !

Elles étaient arrivées devant une parfumerie.

— Je vous quitte, dit Francesca, il faut que je réassortisse tous mes rouges à lèvres. À ce soir, c'est promis ?

Au moment d'entrer dans la boutique, elle se retourna, l'air anxieux.

— Et je compte sur votre discrétion, n'est-ce pas ?

Restée seule, Margot continua de longer le boulevard, machinalement. Elle avait renoncé à son jogging, abasourdie par ce qu'elle venait d'entendre. Elle n'était plus aussi sûre, à présent, d'avoir affaire à une détraquée. Il y avait dans le ton de Francesca, dans ses réactions, dans son inquiétude aussi, quelque chose de troublant, quelque chose qui sonnait juste.

— Mais, si elle a vraiment fait ce qu'elle dit… alors, je dois aller tout raconter à la police…

Elle savait déjà qu'elle n'en ferait rien…

Elle passa le reste de la matinée à aller et venir dans les commerces du centre-ville sous prétexte de menus achats, des timbres, des cartes postales, un paquet de biscuits, en s'arrangeant pour faire parler de l'accident. Partout, on faisait les mêmes commentaires, le vent, le danger… on s'aventure sur les rochers, la lame de fond qui vous emporte… De guerre lasse, elle se résolut à faire appel à ses confrères de la presse locale. Il lui fallut un certain temps pour trouver leurs numéros. À Vannes, on lui dit d'appeler les rédactions d'Auray. Auray ? Soit. Premier appel : *Ouest-France*. On ne répondait pas…

— Normal, c'est l'heure du déjeuner…

Par chance, au *Télégramme*, le rédacteur en chef était dans son bureau. Elle se fit répéter les détails communiqués par la police :

— Malheureusement, un accident banal, par ici.

— Et on a pratiqué une autopsie ?

— Oui, je crois.

Le journaliste manifesta quelque surprise lorsqu'elle lui demanda le nom du médecin légiste.

— Généralement, on fait appel à un médecin d'Auray, le docteur Dumouriez. Dumouriez, comme le général. Pourquoi ? Vous vous intéressez à cette affaire ?

— Oh, non simple curiosité… Je vais peut-être proposer un sujet sur Quiberon, la côte, les plages…

— Bonne idée ! Mais alors, là, il vous faut un bon photographe. J'ai ça dans mon carnet d'adresse.

Margot pensa à Vincent. Elle aussi avait ça dans son carnet d'adresse…

— Enfin, si vous avez besoin de quoi que ce soit, vous m'appelez.

Elle remercia, raccrocha, résolue, en attendant d'en savoir plus long, à se concentrer sur son projet d'article. Restait à explorer cette fameuse Côte sauvage et à trouver l'endroit le plus favorable pour approcher Herman Sébastian Son estomac criait famine. Un déjeuner breton ? Pourquoi pas ? Elle était place du Varquez ; pour les crêperies, il n'y avait que l'embarras du choix. Elle fit quelques pas dans une rue adjacente et entra, au hasard. Cela s'appelait "Chez Pierrot, Bar à crêpes". Les crêpes, les galettes à vrai dire, étaient bonnes. C'était le patron, Pierrot en personne, qui officiait aux galettières tout en servant les habitués au comptoir. Petit, mince, les cheveux noirs, une allure de danseur de flamenco, il avait l'accent du midi et un rire ensoleillé.

— Vous n'êtes pas d'ici ? dit Margot en réglant l'addition.

— Non, pas vraiment.

— Mais vous savez faire les crêpes, en tout cas. C'était très bon.

— Je sais tout faire, les crêpes, les spaghettis à la bolognaise et même les pains bagnas... C'est ma spécialité, je suis de Nice.

De retour à l'hôtel, elle demanda conseil à la réceptionniste.

— Pour découvrir la Côte sauvage ?

C'était tout simple.

— En sortant de l'hôtel, vous prenez à gauche, vous dépassez le château Turpault...

— La grande bâtisse qu'on voit à droite ?

— C'est cela. La Côte sauvage commence tout de suite après. Mais la météo n'est pas bonne : on annonce un coup de vent...

Margot balaya l'objection d'un revers de main :

— Et la promenade est longue ?

— Plusieurs kilomètres, la côte est très découpée. Mais il y a des parkings ; vous pouvez prendre votre voiture.

— Je n'ai pas pris ma voiture. J'ai loué une motocyclette mais j'ai envie de marcher, je vais tout faire à pied.

— Infaisable ! fit une voix masculine.

Margot se retourna. Stéphanopoulos – encore lui ! était là, avec son sourire ironique et son regard qui vous faisait rougir.

Il la suivit jusqu'à la porte :

— Vous brûlez les étapes. Alors, vous avez aussi appris cela !

— Appris quoi ?

— Les habitudes de Sébastian. Son goût pour les promenades en tête à tête avec les éléments, déchaînés, si possible. Et, bien entendu, vous allez vous lancer à sa poursuite, le long des rochers…

— Tout le monde a le droit de se promener, non ?

— Bien sûr. Mais attention !

— Attention à quoi ? À Herman Sébastian ?

— Non. Aux vagues !

Margot éclata d'un rire un peu forcé.

— J'ai l'âge de raison, vous savez. Je suis prudente.

— Vous êtes comme toutes les jolies filles intelligentes. Vous croyez que vous pouvez tout vous permettre.

Il lui avait pris le bras et Margot s'en voulut de frémir à ce contact presque brutal. Il lui lâcha le bras. Il ne souriait plus.

— Un conseil. N'allez pas sur la Côte sauvage par gros vent. C'est vraiment très dangereux !

VIII

Dangereux, sans doute, mais superbe ! Margot rentra de sa promenade, éblouie et assommée par le vent qu'elle avait dû affronter une heure durant. Comme on le lui avait conseillé, elle avait emprunté le boulevard d'Hoëdic, dépassé le château Turpault et suivi le boulevard de la Côte sauvage. Dès qu'elle eut dépassé Port pilote, les rafales s'étaient faites plus âpres. et elle devait avancer tête baissée ce qui n'était pas la meilleure façon d'apprécier le panorama. Son intention était d'aller jusqu'au Trou du Souffleur mais, bien avant, à la hauteur de Beg er Goalennec, elle capitula devant la violence du vent, après un dernier coup d'œil sur la mer qui venait se briser sur les rochers, soulevant des gerbes d'écume, dans un fracas assourdissant.

Il lui restait encore le temps d'appeler le médecin légiste. Rien à l'annuaire, ni aux renseignements : il était liste rouge. Elle descendit emprunter l'annuaire professionnel et trouva enfin : Bruno Dumouriez, médecine légale et expertises médicales.

À deux reprises, on l'éconduisit : non, le docteur ne faisait aucune communication aux journalistes. Qu'à cela ne tienne ! Dans ce métier, il faut être coriace et ne pas s'embarrasser de scrupules inutiles. Margot savait cela depuis longtemps. Pour la troisième tentative, elle affirma appeler de la part du commissariat de police. L'instant d'après, elle avait Dumouriez au bout du fil. Il faillit lui raccrocher au nez lorsqu'elle se présenta mais la séduction, cela fonctionne aussi au téléphone…

Margot sut se montrer persuasive : des rumeurs circulaient selon lesquelles le vétérinaire aurait peut-être été assassiné…

— Assassiné ? De quelle façon ?

— Un coup de revolver…

Dumouriez tombait des nues. Il fut formel :

— Je peux vous assurer que l'autopsie n'a révélé que de nombreuses fractures – l'homme a dû tomber d'assez haut – et de l'eau de mer dans les poumons…

— C'est que… on m'a dit…

— Qui ça "on" ?

Il fallait rester dans le vague.

— Des gens… des gens d'ici.

Dumouriez se mit à rire :

— Vous êtes journaliste et parisienne… On a voulu vous mener en bateau. S'il s'agissait d'une enquête, je ne vous répondrais pas ; mais ici, pas la moindre trace de coup de feu. Désolé pour vous mais il n'y a guère de mystère dans cette affaire. Cet homme est mort noyé. Un point, c'est tout.

Elle s'apprêtait à descendre lorsque le téléphone sonna. C'était Anne-Marie.

— Enfin toi ! Je t'ai laissé je ne sais combien de messages !

— Excuse-moi, j'avais oublié mon portable à l'appartement ; je suis allée à Francfort.

— À Francfort ?

— Chercher Jean-Luc, Vincent et Benoît, le petit nouveau qui s'occupe de la prise de son.

Margot perçut un soupir au bout du fil mais la voix d'Anne-marie était joyeuse : elle avait récupéré son mari.

— C'est ça la vie d'une femme de grand reporter.

— D'où arrivaient-ils ?

— De Douchanbe, au Tadjikistan. Quinze jours logés "chez l'habitant", version locale avec une vingtaine de personnes dans des maisons sans eau courante ni électricité. Ils sont rentrés crevés avec en prime les intestins en délire. Et toi ? Raconte ! C'est comment ce "Santez Anna" ? C'est bien ?

— Très bien. Mieux que très bien ; j'avais retenu une chambre sur l'arrière, je me suis retrouvée avec vue sur mer, bonbons au chocolat et bouquet de roses chaque matin, le personnel aux petits soins et la cuisine ! Il faut s'accrocher pour ne pas prendre deux kilos par semaine…

— Et le défilé ? Ça a marché ?

Avec Anne-Marie, on ne restait jamais loin des réalités professionnelles.

— Le défilé a été un vrai succès ; ça a beaucoup plu à la clientèle.

— Elle est comment la clientèle ?

— Pas toute jeune…

Anne-Marie riait :

— Forcément ! Dans ce genre d'endroit…

— Mais, dit Margot, j'ai fait la connaissance d'une ancienne chanteuse d'opéra… Un personnage incroyable. Elle s'appelle Francesca Verani-Gobi ou Gobi-Verani… je ne sais jamais… Elle est intéressante, drôle… un charme fou… un peu loufoque, tu vois ?

Anne-Marie approuva :

— Ils sont tous un peu cinglés dans ce milieu.

— Ah, autre chose, enchaîna Margot, en fait, c'est pour cela que je t'appelle : je vais probablement placer un papier sur Herman Sébastian, le chef d'orchestre. Il me faudrait quelques détails sur le personnage, une base de départ. Tu peux demander à Jean-Luc…

— Jean-Luc ! coupa Anne-Marie, Il y a plusieurs années qu'il ne travaille plus dans le people ; d'ailleurs, il est comme moi, il ne connaît rien à la musique. Non, pour cela il faut demander à Vincent.

— Jamais de la vie !

Margot entendit, sans plaisir, le son de sa propre voix, agressif, tranchant comme une lame. Anne-Marie, prudemment, laissa passer quelques instants avant de reprendre :

— Ça fait combien de temps que c'est fini, Vincent et toi ? Deux ans ?

— Trois.

— Et tu lui en veux toujours ?

— Je ne lui en veux pas. Pas envie d'entendre

parler de lui, voilà tout. Moi, les mecs qui cavalent sans arrêt à droite et à gauche, ça ne m'intéresse pas, ça ne m'intéresse plus.

Anne-Marie avait dû sentir qu'il valait mieux ne pas insister.

— Bon, dit-elle, je vais en parler à Jean-Luc de ta Gobi… comment déjà ?

— Verani-Gobi.

— Mais pour le moment, il est en état d'hibernation, il en a au moins pour deux jours à ne pas ouvrir l'œil.

IX

L'océan menaçant, les bourrasques, tout cela devenait irréel lorsque l'on pénétrait dans l'univers feutré de la salle à manger… Des arômes subtils flottaient, mélange du parfum des femmes, de celui des bouquets dressés en gerbes sur les consoles et des fumets alléchants qui montaient des grands plats d'argent disposés sur les dessertes. Dans la lumière tamisée des lampes à abat-jour beige, chaque table était une oasis de quiétude. Tout autour, c'était le ballet des soubrettes en robe noire et tablier blanc, des garçons en gilet rayé. Édouard se tenait debout, près des tables de service où l'on découpait les volailles. Par sa taille et sa stature imposantes, le maître d'hôtel, en veston noir et nœud papillon, dominait tout son monde, tel un empereur au milieu de sa cour.

En entrant, Margot faillit bousculer Joséphine, la femme de chambre qui lui apportait son thé chaque matin. Joséphine rattrapa juste à temps son plateau chargé de couverts.

— Madame Verani-Gobi vous attend, lui dit-elle.

En effet, seule à une table du fond, Francesca lui faisait de grands signes.

Elle était très en beauté dans un blazer de velours

d'un bordeaux légèrement cuivré qui faisait une sorte de camaïeu avec ses cheveux à peine retenus sur les tempes par deux barrettes de diamant.

— Je vous attendais pour commander, dit-elle, dès que Margot fut assise.

Édouard était déjà là, leur tendant les cartes et, comme elles hésitaient :

— Si je puis me permettre… Nous avons aujourd'hui du caneton avec un velouté aux truffes qui est une des grandes réussites du chef.

Francesca avait pris les choses en main.

— D'accord pour les canetons et pour l'entrée ? elle consultait Margot du regard et, sans attendre la réponse : deux mille-feuilles de pétoncles.

Édouard approuva :

— Très bon choix, Madame. Et pour le vin ? On continue au champagne ?

Une bouteille, largement entamée, dépassait des glaçons dans le seau embué. Margot ne put s'empêcher de marquer sa surprise :

— Vous vous offrez du champagne tous les soirs ?

— Ce n'est pas moi. C'est le directeur qui me l'offre.

Margot se sentit gênée :

— Excusez-moi, cela ne me regarde pas.

— Ne vous excusez pas. Il n'y a aucun mal. Je vais vous faire une confidence…

Ses yeux pétillaient de gaîté. « De quelle couleur ses yeux ? se demanda Margot. Pas noirs, plutôt bruns… ou verts, un vert très foncé… »

— Ici, je suis invitée, complètement. C'est Stéphanopoulos qui m'a demandé de venir. L'hôtel est encore récent et il voulait quelqu'un de connu, une locomotive, si vous voulez, pour attirer d'autres célébrités.

Elle haussa les épaules :

— À supposer qu'on puisse encore me considérer comme une célébrité ! Vous, par exemple, vous n'aviez jamais entendu parler de moi…

Margot jugea que mieux valait ne pas s'embrouiller dans les protestations.

— C'est que je suis inculte. Il paraît que je suis ignare.

— Qui vous a dit cela ?

— Quelqu'un… que je…

— Un homme, dit Francesca, je suis sûre que c'est un homme. Il y a toujours un moment où ils cherchent à nous rabaisser, surtout quand ils ont envie de nous !

Elle s'interrompit pour répondre au salut du colonel et de sa femme qui avaient enfin réussi à agripper des voisins de table.

Elles avaient fini de picorer les amuse-bouche ; on apportait les entrées. À peine eut-on enlevé les cloches argentées qui les maintenaient au chaud que Francesca fit signe au serveur à la toison de mouton :

— Lucien, je ne peux pas supporter ces mouchoirs en papier aromatisé. On se croirait en avion, devant un plateau-repas de la classe économique. Trouvez-nous de vrais rince-doigts avec de l'eau tiède et des rondelles de citron !

Le ton était impérieux et le sourire ensorceleur.

— Des rondelles de citron vert, Madame ?

— S'il vous plaît, mon petit Lucien.

Elle donnait ses ordres en vraie princesse, avec une gentillesse et un naturel confondants, comme s'il eût été écrit dans le ciel qu'on serait ravi d'exaucer ses moindres exigences.

— Au fait, dit Margot, ce serveur, il s'appelle Jérôme ou Lucien ?

Francesca se mit à rire, d'un rire très gai.

— Ils s'appellent Jérôme et Lucien. Ce sont des jumeaux. Stéphanopoulos a trouvé amusant de les engager tous les deux. Ils se ressemblent comme deux gouttes d'eau, n'est-ce pas ? Mais, avec un peu d'habitude, on arrive à les distinguer. Et Jérôme a un doigt abîmé ; il lui manque une phalange à la main gauche. Un accident de jardinage, paraît-il.

Pendant tout le dîner, Francesca fut étincelante de gaîté. Margot l'écoutait raconter des anecdotes sur sa carrière avec une verve irrésistible qui faisait que l'on ne s'apercevait pas qu'elle monopolisait la parole. D'ailleurs, elle avait l'art d'avoir l'air de vous demander votre avis puis de vous souffler la réponse spirituelle qui la faisait rire.

— Puisque je suis inculte, dit Margot, je vais essayer de combler mes lacunes. Et, d'abord, j'aimerais vous écouter. Je suis allée jeter un coup d'œil au salon de musique, ce matin. Édouard rapportait des disques…

— Il adore la musique, Édouard. Il a fait, m'a-t-il

dit, un peu de violoncelle ou de violon, je ne me rappelle plus. Il est très connaisseur, vous savez.

— Et il m'a dit qu'il y a plusieurs de vos enregistrements.

Francesca, tout à coup, était devenue grave, émue au point que Margot crut voir perler une larme au fond de ses yeux sombres. Elle se reprit.

— Mais vous ne vous intéressez pas à la musique…

— Je m'intéresse à vous !

— Margot, vous voulez bien que je vous appelle Margot ? Ce que vous dites me touche beaucoup. Il n'y a plus guère de gens qui s'intéressent à moi.

Elle fouilla dans son sac, sortit une cigarette, et la remit en place, sans l'allumer.

— Il ne faut pas que je fume !

— Comment devient-on cantatrice, demanda Margot ?

— En travaillant, en travaillant sans cesse. Bien sûr, au départ il y a le don…

Margot se sentit touchée par le naturel avec lequel elle se confiait.

— On appelle cela le don… En fait, il faut avoir de très bonnes cordes vocales ; vous savez, ces deux petits muscles dans le larynx. Si vous n'avez pas cela, le don ne sert à rien. Moi, j'avais les cordes vocales et la musique dans le sang.

— Vous êtes italienne ?

— Oui, de Vérone, mais mes parents étaient des environs de Milan. Vous voyez, j'étais prédestinée au bel canto. À douze ans, je savais que j'avais une voix. J'avais seize ans quand mon père – il était architecte – est venu travailler en France, à Toulouse. C'est là que j'ai fait mes études, au Conservatoire de Toulouse…

Elle avait baissé la voix jusqu'à murmurer, comme si elle se parlait à elle-même :

— L'opéra, c'est magnifique, mais une carrière de cantatrice, c'est terrible ! C'est un métier très dur, vous savez, très physique. De l'extérieur, on n'imagine que le côté brillant, les voyages, les photos dans les journaux, les représentations, les applaudissements. Mais il y a les exercices quotidiens, les gammes, les séances, seule avec le pianiste, à travailler le même passage, pour trouver le bon phrasé, celui qui vous permettra d'attraper la note périlleuse sans que le public sente l'effort. Il faut que, jamais, le public ne sente l'effort.

— Et puis, à la première répétition d'ensemble, le chef fiche tout en l'air. Ce n'est pas sa version, ce n'est pas cela qu'il veut. Le chef, c'est un despote. Il a tous les pouvoirs.

— Il est comme cela, Herman Sébastian ? demanda Margot.

Fatale imprudence ! À peine la question lâchée, Margot la regretta. Parler d'Herman Sébastian, c'était remettre Francesca sur les rails de son idée fixe. Elle vit son visage se durcir.

— C'était un chef d'orchestre extraordinaire ! Adulé du public mais redouté, haï, parfois, par ses musiciens. Il voulait tout, les femmes, l'argent, la gloire, la puissance surtout. Il voulait tout dominer !

— C'était, fit Margot amusée, mais il est toujours de ce monde…

— Pas pour longtemps !

Elle était devenue soucieuse. Un gros pli lui barrait le front. Elle vida sa coupe de champagne et haussa les épaules.

— Tout est à recommencer, maintenant…

X

Depuis la veille au soir, Margot avait multiplié les tentatives pour obtenir des renseignements sur les allées et venues d'Herman Sébastian. En vain. Du barman aux réceptionnistes, on respectait à la lettre les consignes de discrétion. Quant aux clients, après quelques travaux d'approche dans les divers salons, Margot avait acquis la certitude qu'ils ignoraient tout de la présence d'un illustre chef d'orchestre dans les murs du “Santez Anna”. Elle songeait à renoncer à l'interview, quand le téléphone avait sonné. C'était Frédéric, son rédacteur en chef bien-aimé… Avec sa délicatesse habituelle, il venait s'enquérir :

— Alors, ma jolie, ce papier, ça vient oui ou non ? Je l'ai annoncé pour la conférence de rédaction d'après-demain. Si on ne l'a pas, c'est foutu. On s'est renseigné ; Sébastian donne trois concerts au théâtre des Champs-Élysées à la fin du mois. Ensuite, il part pour le Canada. Alors, à ce moment-là, Quiberon, les confidences sur fond de mer en furie, ça sentira le réchauffé !

Il fallait arranger un peu la vérité :

— Donne-moi vingt-quatre heures. Il n'est pas facile à approcher mais j'ai une piste.

— OK. Si je n'ai pas le fax demain soir, je te vire. Toujours OK ?

Gros éclat de rire au bout du fil. C'était le genre de plaisanterie que Frédéric affectionnait...

Aiguillonnée par le défi, Margot avait eu une inspiration : Joséphine... Le matin, en apportant le plateau du petit-déjeuner, Joséphine s'attardait volontiers pour bavarder un peu. Elle avait la confidence facile. Arrivée depuis peu de Pologne, elle avait francisé son prénom, "imprononçable". Elle se disait "étudiante" et affirmait n'avoir cherché du travail que "pour perfectionner son français". Par bonheur, elle n'était pas encore insensible aux délices de la société de consommation. Quelques mots gentils et un flacon de parfum de chez Guerlain avaient eu raison de ses scrupules.

— Le chef d'orchestre ? C'est incroyable ! On n'a jamais vu cela. Il se cache comme s'il avait le diable aux trousses ! Même moi qui suis de service à l'étage, je n'ai pas pu l'apercevoir, pas une seule fois ! Il paraît que, lorsqu'il descend pour aller à la thalasso, son secrétaire commence par inspecter le couloir pour s'assurer qu'il n'y a personne, avant d'appeler l'ascenseur de service ! Pareil quand il va se promener à pied, l'après-midi...

— À quelle heure, la promenade ?

— Trois heures, trois heures et demie ; c'est le seul moment où on peut faire les chambres.

— Et où va-t-il exactement ?

— Cela dépend... il change parfois, mais c'est

toujours dans le même coin, entre Port Stang et Port Pigeon.

Une fois lancée, Joséphine ne s'arrêtait plus. En quelques instants, Margot avait appris des détails intéressants : le secrétaire avait regagné Paris, le matin même, pour préparer une série de concerts. C'était le maître d'hôtel qui était chargé de s'occuper du taxi.

— Le maître d'hôtel ! Vous rendez-vous compte ! Lui, avec ses grands airs, obligé de faire le voiturier, de donner les instructions au chauffeur… où il doit déposer son client, à quelle heure il doit aller le reprendre – car, en plus, ce Monsieur Sébastian ne veut parler à personne !

Sitôt Joséphine partie, Margot avait dressé son plan de bataille : il suffisait de précéder Sébastian sur son lieu de promenade, de guetter son arrivée, d'attendre le départ du taxi pour le suivre à distance et, dès que l'on arriverait à un endroit propice, de l'aborder sous un prétexte quelconque. Margot n'était jamais en panne d'expédients.

— Je le dépasse. Je tombe. J'ai la cheville foulée ou cassée – oui, cassée. Impossible de marcher. Je l'appelle. Il ne peut pas refuser de me porter secours. Ensuite… au gré de l'inspiration…

D'après la carte, le meilleur endroit pour guetter sans être vue était le hameau de Kervihan. À quatorze heures trente, elle était sur place et garait sa motocyclette rue des Ajoncs. Puis, à pied, elle se rapprocha du parking. Peu avant trois heures, le taxi arriva, s'arrêta à une centaine de mètres devant elle. Le chauffeur descendit, ouvrit la portière mais Herman Sébastian ne se montrait pas. Pourquoi ? Avait-il décelé sa présence ? Une minute plus tard, sous les yeux de Margot médusée, le taxi redémarrait avec son passager et poursuivait, à bonne allure, sur la route côtière.

Margot bondit sur la motocyclette, tenta de la mettre en marche, sans succès. Elle actionna rageusement le starter. Peine perdue, l'engin, bloqué, refusait de démarrer. Le taxi avait disparu. Margot, dépitée, regarda autour d'elle. Elle était là, seule dans cet endroit perdu. Seule ? Pas tout à fait…

Tout au bout de la dune, un homme s'éloignait en courant. Elle appela. L'homme – mais avec cette allure fluette, n'était-ce pas un garçonnet ? – ne se retourna pas. Peut-être ne l'avait-il pas entendue. Avec le fracas des vagues… Pour aujourd'hui, c'était raté. Faire du stop dans cet endroit perdu ? Impossible, il n'y avait plus âme qui vive. Il ne lui restait qu'à sortir son portable et appeler l'hôtel pour qu'on envoie une voiture la chercher.

Dans le hall, Stéphanopoulos l'attendait, goguenard :

— Alors, on récidive ? Mais vous avez fait chou blanc. Et ce sera la même chose demain. Vous devriez lâcher prise.

Margot n'était pas d'humeur à plaisanter :

— Je n'abandonne jamais, dit-elle avec hargne.

Stéphanopoulos restait imperturbable :

— Vous perdez votre temps. Il n'y avait qu'Édouard et le chauffeur qui savaient où il allait.

— Où allait-il ?

— Même si je le savais, je ne le vous dirais pas. Il veut marcher seul. Seul, vous entendez ? Il y tient absolument.

Stéphanopoulos devint sérieux :

— Voulez-vous mon avis ? Si Herman Sébastian tient tellement à n'être vu de personne, c'est parce qu'il se sait très diminué. Il souffre d'une grave arthrose de la colonne vertébrale. Et en plus, il est atteint de la maladie de Parkinson. Dans la fosse d'orchestre, il parvient à faire illusion mais il n'est plus que l'ombre de lui-même.

Il avait abandonné son sourire ironique et il la regardait comme on regarde un enfant qu'on cherche à convaincre :

— Alors, laissez-le tranquille ! Cela vous arrive parfois, à vous les journalistes, d'être un peu charitables ?

XI

Trois bonnes heures avant le rendez-vous téléphonique avec Anne-Marie. Elle avait tout le temps de faire du tourisme au grand air.

« La Côte sauvage ? Inutile puisque j'ai bêtement laissé filer Sébastian… »

Margot décida de partir à la découverte du côté est de la presqu'île. La veille, elle avait sacrifié à la mode locale et fait des achats. Elle se coiffa du bonnet marin – tant pis pour la mise en plis – et enfila son ciré.

« Ici, ce qu'il faut, c'est un bon coupe-vent, avait dit la vendeuse. »

Il n'avait fallu que quelques instants au garagiste pour remettre la motocyclette en marche. Équipée à la quiberonnaise, elle enfourcha son engin. Contournant la place du Varquez, elle remonta la rue de Verdun et, par la rue de Port Haliguen, déboucha sur le port de plaisance. Pendant la nuit, le vent avait faibli. Il ne restait du gros temps de la veille qu'une jolie brise qui faisait danser les “moutons” sur les eaux de la baie. Le temps était ensoleillé et, de ce côté, à l'abri des vents d'ouest, l'ambiance était toute différente. Il faisait bon se promener au calme. Rien d'autre que le va-et-vient discret des gens du cru. L'ambiance paisible d'un petit port délivré de la horde des touristes. La vraie vie. Qu'est-ce qu'on fait à Paris !

Les endroits ne manquaient pas où laisser la motocyclette pour flâner à pied. Margot s'attarda sur les quais des bassins où tremblait une forêt de mâts dominés par le phare qui signale l'entrée du port. Elle poussa jusqu'à la plage de Kermorvan. Pour la première fois, depuis son arrivée à Quiberon, elle se sentait vraiment en vacances. Marcher, ne penser à rien, s'arrêter pour suivre le vol des oiseaux de mer qui surfaient sur la crête des vagues de la marée montante. Un homme en vareuse transportait deux seaux pleins de goémon. Elle lui demanda conseil pour le chemin du retour.

— Vous devriez rentrer par Saint-Julien.

Dopée par l'air vif, elle ne commença à sentir la fatigue qu'en arrivant à la petite église d'où un lacis de ruelles dégringolaient vers la mer Le hameau, avec ses maisons aux façades de granit et de crépi blanc, attiédies par un soleil qu'on eût dit printanier, était un havre de paix.

Rien de tel que la marche à pied pour vous remettre les esprits… Lorsqu'elle se retrouva dans sa chambre, fourbue et ravie, Margot avait recouvré sa détermination.

Anne-Marie était l'exactitude en personne. Il était dix-huit heures tout juste lorsque le téléphone sonna.

— Comment vas-tu ?

— Vannée ! J'ai marché pendant près de trois heures.

— Et ton article ? Ça se présente bien ?

— Mal. Je n'arrive pas à établir le contact avec Sébastian. Il me faudrait un truc, un prétexte…

— Attends, Jean-Luc va venir à ton secours.

Jean-Luc avait la voix de quelqu'un qui s'est réveillé depuis peu.

— Je t'ai tiré du lit, s'excusa Margot.

— Presque… Heureusement, tu ne me vois pas.

— Allons donc, je suis sûre que tu es en pyjama Hugo Boss, artistement décoiffé comme quand tu passes au vingt heures.

Margot entendit le rire de Jean-Luc. Avec sa gentillesse habituelle, il regrettait de n'avoir pas grand-chose d'intéressant à lui apprendre sur Herman Sébastian…

— Enfin, rien qui ne soit sur la place publique. Je crois, qu'au départ, il était violoniste mais c'est comme chef d'orchestre qu'il est devenu célèbre. Il dirige un peu partout dans le monde.

— C'est ce que m'a dit Francesca.

— Quelle Francesca ?

— Verani-Gobi.

— Tu la connais ?

Dans la voix de Jean-Luc perçait l'étonnement.

— Elle est ici, à l'hôtel. Nous avons sympathisé.

— Eh bien, alors, rien de plus simple ! Demande-lui de te présenter Sébastian.

Rien de plus simple, en effet… Mieux valait ne

pas raconter que Francesca avait eu le projet de "révolvériser" Sébastian.

— Impossible, ils sont brouillés à mort.

— C'est vrai, on a parlé de cela, il y a quelques années. Ce qui est de notoriété publique, c'est qu'il a toujours collectionné les jolies femmes, les actrices, les mannequins, les mariages, les divorces. Tu vois, je ne t'ai pas été d'un grand secours. Pour en savoir plus, il faudrait interroger Vincent. La musique, c'est sa passion, tu le sais bien.

Silence.

— D'ailleurs, il n'est pas là : aussitôt rentré à Paris, il est reparti pour Toulouse. Il n'arrête pas.

Nouveau silence. Jean-Luc n'insista pas.

— Tu vas mieux, demanda Margot ? Anne-Marie m'a dit que c'était dur au Tadjikistan ?

— Plus que dur. Dramatique. Guérillas, trafics en tous genres, population affamée – le cirque habituel. Nous sommes rentrés tous les trois avec une gastro-entérite. J'ai besoin de soleil. Anne-Marie et moi, nous partons pour Essaouira.

— Bonne idée !

— Oh, une dernière chose, dit Jean-Luc, avant de raccrocher, Sébastian, et c'est rare chez les musiciens, a amassé une véritable fortune. Il est, entre autres, propriétaire de sa maison de disques et il a fondé sa propre société de production. On dit qu'en plus d'être un chef d'orchestre exceptionnel, c'est un redoutable homme d'affaires.

*

À la salle à manger, lorsqu'elle s'installa à la table habituelle, Margot ne vit qu'un seul couvert. Édouard arriva aussitôt :

— Madame Verani-Gobi vous fait dire qu'elle est fatiguée. Elle ne dînera pas.

Margot aussi était fatiguée. Elle expédia son dîner. Alors qu'elle se disposait à monter, elle aperçut Joséphine qui lui faisait de grands signes avant de disparaître vers l'office. Margot laissa partir l'ascenseur et s'absorba dans la contemplation des tableaux qui ornaient les murs du hall. Joséphine revint avec un plateau chargé et, après s'être assurée qu'on ne la voyait pas, attira Margot dans un coin.

— Le chef d'orchestre…

— Eh bien ?

— Il est arrivé quelque chose : il a disparu.

— Disparu ? Comment cela ?

— Il n'est pas rentré de sa promenade. Le bruit court qu'il a eu un accident mais je n'arrive pas à savoir quoi. Le directeur s'est enfermé dans son bureau. Son téléphone n'arrête pas de sonner. On croit que c'est la police.

Elle se tut brusquement. Édouard était là.

— Joséphine, on attend le plateau des tasses à café, dit-il sèchement.

La mine d'Édouard était sévère. On sentait la contrainte dans le sourire commercial qu'il adressa à Margot.

« Il est au courant, pensa-t-elle. Il faut que je sache, moi aussi. »

Elle se faufila jusqu'au fond du hall, se hasarda à pousser la porte qui menait aux locaux administratifs. Dans le couloir, désert à cette heure-ci, la porte du fond, elle le savait, était celle du bureau du directeur. Elle en était à se demander si elle aurait l'audace de frapper quand la porte s'ouvrit. Stéphanopoulos la considéra, interdit :

— Vous ! Déjà !

Il avait l'air moins sûr de lui, fatigué. C'était le moment d'attaquer.

— Herman Sébastian ? Il lui est arrivé un accident ?

— Entrez, dit Stéphanopoulos. Je ne sais pas comment vous faites pour capter tout ce qui se passe… Un accident, oui : c'est la version officielle et vous êtes priée de vous y tenir, vous aussi.

Il referma la porte, contourna son bureau, s'y appuya des deux mains et la regarda bien en face :

— De toute façon, vous l'apprendrez très vite. On l'a trouvé près de Port Bara, en contrebas de la falaise, mort.

— Il s'est noyé, lui aussi, demanda Margot ?

— Non, dit Stéphanopoulos, on lui a tiré une balle dans la tête.

XII

La nouvelle se propagea comme une traînée de poudre, en zigzag, avec des développements et des rebondissements au gré des informations vraies ou fausses. Le lendemain matin, lorsqu'elle lui apporta le petit-déjeuner, Joséphine était tout excitée. Sans vergogne, elle s'assit sur le bras d'un fauteuil : à l'office, on ne parlait que de cela.

— Mais comment a-t-on su, demanda Margot ?

— C'est le chauffeur de taxi qui a donné l'alerte. Il est allé rechercher Monsieur Sébastian, à l'heure convenue. Il ne l'a pas trouvé. Il a attendu longtemps avant de rentrer chez lui. Alors, il a téléphoné. C'est le maître d'hôtel qui a pris la communication…

— Et qui a prévenu le directeur…

— Pas du tout. Enfin, pas tout de suite. Il a pensé que Monsieur Sébastian était rentré à pied. C'est pour cela qu'on a entrepris les recherches si tard. Il faisait presque nuit. Le directeur a engueulé Édouard ; il paraît qu'il lui a passé un de ces savons ! On l'entendait jusqu'au bureau des secrétaires.

— Et Sébastian, demanda Margot, d'un ton aussi neutre que possible, que lui est-il arrivé au juste ?

— Mais, dit Joséphine, comme si c'était la chose

la plus naturelle du monde, il s'est noyé, comme l'autre !

Donc, pour le moment, Stéphanopoulos avait réussi à verrouiller l'affaire.

« Et moi, pensa Margot, j'ai une longueur d'avance. »

Elle appela sa rédaction et eut la chance d'avoir Frédéric. Il se montra déçu :

— Ah, il est mort ! C'est beaucoup moins intéressant… mais, enfin, puisque tu es sur le sujet…

— Attends un peu, mon bonhomme, se dit-elle, quand tu sauras le fond de l'affaire…

Le fond de l'affaire… Elle y réfléchissait depuis la veille. Comment ne pas penser à ce que lui avait dit Francesca ?

Elle descendit à sa recherche à la salle à manger, sans succès. Dans le hall, les conversations allaient bon train :

— Décidément, très dangereux, cette Côte sauvage… Regrettable, car, surtout à cette saison, c'était un des attraits de la station…

Margot se fit donner le numéro de la chambre de Francesca, appela. La sonnerie résonna longuement, en vain. C'était étrange. Elle alla courir un peu pour tromper sa nervosité. Coup d'œil en passant aux salons : toujours pas de Francesca. Quand elle revint, l'ambiance était tout autre. Dans le hall, des groupes s'étaient formés. On avait repéré des policiers en civil. Leurs allées et venues avaient fini par intriguer.

Vers onze heures, malgré les dénégations des

réceptionnistes qui prétendaient tout ignorer, on savait qu'il s'agissait d'un meurtre.

À partir de ce moment, tout s'enchaîna très vite. Il s'était mis à pleuvoir. Margot remonta à sa chambre enfiler un imperméable avant de sortir déjeuner. On frappa à la porte : c'était Joséphine.

— Il y a du louche, dit-elle. Il paraît que Sébastian n'est pas mort sur la Côte mais ici, à l'hôtel, tué par une de ses anciennes maîtresses.

Joséphine avait le sourire gourmand de quelqu'un qui sait apprécier les nouvelles bien saignantes.

C'était l'heure du déjeuner. Margot s'en était toujours voulu d'être une femme fidèle même dans ses habitudes. Sans y penser, elle avait pris le chemin du “Bar à crêpes”. Pierrot l'accueillit avec le sourire.

— C'est gentil de revenir me voir.

Autour du comptoir, les commentaires allaient bon train. On parlait d'une « sale affaire, une noyade ou peut-être plus grave… »

— Il est arrivé quelque chose ? demanda Margot d'un air innocent.

Cela, en tout cas, n'altérait en rien la bonne humeur de Pierrot.

— Il paraît, dit-il. Probablement encore un accident. Que voulez-vous, les gens sont tellement imprudents…

Elle déjeuna d'un pain bagna médiocre, qu'elle avala en ruminant de sombres pressentiments.

Quand elle rentra à l'hôtel, elle vit, dans le hall, la bande d'Anglais s'apprêtant à partir en excursion. Et là, le choc ! Au milieu du groupe, Francesca bavardait avec entrain. Margot frémit en apercevant, agrafée sur sa marinière, une rose rouge, comme le premier soir… Francesca, lui faisait signe de s'approcher.

— Excusez-moi pour hier soir, dit-elle, j'étais fatiguée, avec toutes ces émotions…

Le minibus arrivait. On. se pressait vers la sortie. Francesca enfila son ciré, se pencha vers Margot et, avec un coup d'œil malin, chuchota :

— Vous avez vu ! Cette fois, je ne l'ai pas raté !

XIII

Lentement, comme dans un film au ralenti, comme dans un cauchemar, Margot remonta dans sa chambre. Sur une impulsion subite, elle saisit son portable, appela Anne-Marie, lui raconta tout, depuis le début. Anne-Marie, sidérée, écoutait.

— Et, d'après toi, cette femme aurait pu…

— Je n'arrive pas à le croire. De toute façon, l'affaire devient trop brûlante pour moi toute seule. Tu crois que Jean-Luc… ?

— Il fait la sieste, dit Anne-Marie. Dès qu'il se réveille, il te rappelle.

Un quart d'heure plus tard, le portable sonna. C'était Jean-Luc.

— On a annulé Essaouira. On arrive.

Margot soupira de soulagement.

Jean-Luc semblait enthousiasmé.

— Cela peut faire un sujet en or, mais il faut en savoir plus sur Verani-Gobi. Tu dis qu'elle a fait ses études à Toulouse ?

— C'est ce qu'elle m'a raconté avant-hier soir.

— Vincent est parti pour Toulouse. Une chance ! Il doit y être. Je le mets sur le coup. Tu es d'accord ?

Margot n'hésita qu'une seconde.

— Oui.

Elle descendit, trop énervée pour rester en place. Dans le grand salon, on discutait à présent de la dernière rumeur :

— Sébastian avait été exécuté par un commando terroriste avec la complicité d'un membre du personnel.

— C'est plus que vraisemblable, disait la femme du colonel, il était connu pour ses prises de position racistes, c'était un provocateur.

Dehors, la pluie avait cessé. On pouvait peut-être tenter un tour dans les jardins. Margot gagna le hall où des bagages s'amoncelaient. Elle poussait la porte quand elle fut rejointe par Jérôme.

— Monsieur le Directeur souhaiterait vous parler, Madame. Il vous prie de bien vouloir venir jusqu'à son bureau.

— J'y vais. Merci, Jérôme.

— C'est Lucien, Madame.

Stéphanopoulos se leva pour l'accueillir. Il avait dû passer une nuit blanche. Son visage en portait la marque mais il avait l'air déterminé :

— Vous sortiez ? Je ne vous retiendrai pas longtemps. Je vous ai fait chercher à la salle à manger.

— J'étais allée déjeuner.

— À l'extérieur ?

— Je suis en demi-pension.

— À partir de maintenant, vous êtes mon invitée.

— Mais “donnant donnant”, je suppose ? dit Margot ironique.

Il accusa à peine le coup :

— Bien sûr, “donnant donnant”. Écoutez-moi. J’ai besoin de vous. Vous avez entendu ce qu’on raconte ? C’est inepte mais dévastateur. Trois de nos clients viennent d’annoncer qu’ils écourtaient leur séjour et on a déjà reçu des annulations de réservation. Vous avez beaucoup de relations, faites venir vos amis…

— Des amis connus de préférence…

Stéphanopoulos ne put s’empêcher de rire.

— Vous êtes terrible, mais cela ne me déplaît pas. Des gens connus, de préférence, oui. Il faut qu’il y ait foule à la salle à manger, que l’hôtel soit plein, qu’on refuse du monde et que cela se sache. Faites venir vos amis, je leur ferai des conditions exceptionnelles.

— Un grand reporter, Jean-Luc Ménand, ça vous irait ?

— Celui qui passe au journal de vingt heures ?

— Oui et sa femme est attachée de presse au *Midi-Minuit*. Elle a un carnet d’adresses gros comme ça.

— Formidable… pour un début !

— On va vous faire une pub d’enfer, promit Margot.

Elle remonta à sa chambre, sous prétexte de se changer. « Les jeans fatigués, ce n’est pas le genre du “Santez Anna”, même dans les jardins, sous la pluie. Puisque je suis ici, autant jouer le jeu… »

Mais elle savait qu’elle cherchait des raisons pour ne pas s’éloigner. « Qu’est-ce qui me prend ? Comme si j’attendais un coup de fil. Mais je n’attends rien ! »

Le téléphone sonna. Elle décrocha : personne.

« Ça doit être une erreur. » Le téléphone sonna de nouveau. Vincent était au bout du fil. La voix de Vincent… après si longtemps. D'abord, les banalités :

— Comment vas-tu ?

— Et toi ?

— J'ai eu du mal à t'atteindre, je n'avais pas ton numéro de portable.

— Qu'est-ce que tu fais à Toulouse ?

— Des repérages. Je prépare un livre de photos sur le canal du Midi. C'est Ballard qui fait les textes. Tu le connais, Ballard ?

— Vaguement. Ça marche bien pour toi !

— Pour toi aussi, d'après ce qu'on m'a dit…

Et puis, on passa aux choses sérieuses, on se parla vraiment :

— Jean-Luc vient de m'appeler. Il m'a tout raconté. C'est une histoire insensée. Une femme comme elle, une artiste de ce niveau…

— Tu savais, toi, qui était cette Verani-Gobi ? Moi, dit Margot, je ne connaissais même pas son nom.

— C'est que tu es inculte, ma chérie.

— Ne m'appelle pas "ta chérie" !

— J'appelle "ma chérie" toutes les femmes de moins de quarante ans. Dépêche-toi d'en profiter avant qu'il soit trop tard !

« Ça y est, pensa Margot, il n'y a pas cinq minutes que nous nous parlons et on commence déjà à s'égratigner. » Elle s'apprêtait à demander la trêve, comme autrefois, lorsque les disputes allaient trop loin. Vincent la devança.

— Pouce ! On arrête.

Et après un silence, la voix toute changée :

— Ça me fait plaisir de t'entendre.

— À moi aussi, souffla Margot, ça me fait plaisir.

Pas d'attendrissement ! Ils revinrent à l'affaire.

— Mais, dit Vincent, Francesca Verani-Gobi, puisque tu la connais à peine, pourquoi t'intéresses-tu à ce qui peut lui arriver ?

— Je ne sais pas pourquoi mais je ne voudrais pas qu'elle finisse en taule. Et c'est tellement invraisemblable son histoire… Sébastian l'a aidée, poussée sur le devant de la scène. Ensuite, il l'aurait laissée tomber. Mais de là à vouloir le tuer ! Et puis…

— Et puis ?

— Elle dit qu'elle est italienne, qu'elle est née aux environs de Vérone. De temps en temps, elle a l'accent italien et, tout d'un coup, elle n'a plus d'accent du tout… Alors…

— Alors ?

— Je me suis demandée… si la femme avec qui je dîne à l'hôtel…

— Si cette femme est vraiment Francesca Verani-Gobi, c'est cela ?

— Oui, c'est cela.

XIV

Vincent posa son téléphone sur la table de chevet, le reprit, le verrouilla pensivement. Margot… Francesca Verani-Gobi…

« Comme c'est drôle, qu'elles se soient rencontrées ! »

Comment imaginer, qu'un jour, Margot, si "positive" comme elle le disait, si âprement tendue vers sa réussite professionnelle, s'intéresserait à une cantatrice, se préoccuperait de la protéger alors qu'elle la connaissait à peine, Margot, si peu sensible aux émotions artistiques, si fermée à la musique en général et à l'opéra en particulier ?

Il bâilla, se renversa sur l'oreiller, s'étira longuement, se passa la main dans les cheveux. « Un peu long, tout ça… Il faut d'urgence que, dans l'après-midi, je me trouve un salon de coiffure. »

Il passa à la salle de bains et, pour la deuxième fois de la journée, s'attarda sous une douche prolongée, trop chaude, un luxe auquel il ne s'était pas encore réaccoutumé depuis son retour du Tadjikistan. Drap de bain noué en pagne autour des reins, il s'examina dans le miroir qui lui renvoyait son image en pied : dans ce foutu pays, il avait bien dû perdre trois ou quatre kilos. « Tant mieux ! Mais – il fit jouer ses épaules – il faut que je reprenne la musculation. »

Habillé, sur le point de sortir, il regarda autour de lui. Les chambres d'hôtel, il ne les voyait même plus… Toutes pareilles… Celle-ci était plutôt plaisante, un peu bruyante peut-être… Mais Vincent appartenait à l'espèce homo sapiens de la branche citadine : le bruit des villes était sa berceuse, les gaz d'échappement son oxygène et la proximité de la place Wilson était agréable, prometteuse de flâneries dans Toulouse qu'il connaissait bien et qu'il était heureux de retrouver.

« D'autant que j'ai vraiment bien travaillé hier et ce matin, j'ai presque tout en boîte. »

Enquêter sur Francesca Verani-Gobi tout en faisant plaisir à Margot, quel bon prétexte pour s'offrir une petite balade toulousaine. Renseignements pris, le Conservatoire se trouvait rue Larrey, tout près de la Daurade, un des plus jolis quartiers de la ville. Il prit la rue du Poids de l'huile et la rue Gambetta, contourna le Lycée Pierre de Fermat. Le Conservatoire était juste derrière.

On l'accueillit aimablement : oui, on gardait les traces du cursus des élèves.

— Quelle année exactement ?

Mais, lorsque Vincent parla des années 1956 "environ", on ne lui laissa guère d'espoir :

— Vous pourriez essayer aux Archives municipales et encore…

Restait le Capitole où, d'après ce qu'elle avait dit à Margot, Francesca Verani-Gobi avait chanté pendant deux saisons, avant d'entamer une carrière internationale. Il rebroussa chemin vers la place du Capitole. Il n'eut pas plus de succès.

Son interlocuteur fumait la pipe, il était prolixe, il aurait bien voulu le renseigner mais…

— Jusqu'en 1995, nos archives étaient dans les greniers, on les empilait comme on pouvait, c'était “inconsultable”. Maintenant, elles sont aux Archives municipales… Une chanteuse qui aurait chanté ici vers 1956-1957 ?

— Il y a peut-être quelqu'un qui pourrait vous aider, c'est monsieur Méru, Ferdinand Méru. Il vient de temps en temps faire des répétitions-piano pour les solistes. Je crois qu'il a connu Francesca Verani-Gobi, dans sa jeunesse. Il m'en a parlé à plusieurs reprises.

— Quand puis-je le voir ?

On consulta le planning.

— Il vient la semaine prochaine lundi et mercredi.

— Impossible, dit Vincent, je pars demain, après-demain au plus tard. Vous pouvez me donner son adresse ?

— Ah non ; ça, on ne peut pas.

Devant l'air déçu de Vincent, l'homme à la pipe se ravisa.

— Ferdinand Méru habite le quartier. Il prend régulièrement son apéritif, avec des copains, au “Bar de l'Aquitaine”, tout près d'ici. Allez-y vers six heures. Vous êtes sûr de le trouver.

Lentement, Vincent traversa la place. On était mercredi, jour de marché, il fallait se frayer un passage au milieu des badauds qui flânaient devant les étalages. Il se retourna pour admirer la façade du Capitole rose et blanche, avec ses balustres et son fronton qui se découpaient sur le ciel d'un bleu intense. Au delà des toits couleur de brique, on apercevait la tour des Jacobins et le clocher de Notre-Dame du Taur. Le soleil dardait ses rayons. En face, dans l'ombre des arcades, les terrasses des cafés étaient pleines de monde.

Vincent prit la rue du Taur, traversa, demanda son chemin. L'homme à la pipe avait raison : le “Bar de l'Aquitaine” était juste en face. L'endroit ne payait pas de mine avec ses tables en formica et son éclairage au néon. On sirotait, on fumait, on jouait aux cartes : le vrai café d'habitués.

Vincent commença par interroger le patron :

— Est-ce que monsieur Méru est là ?

L'homme prit le temps d'encaisser un paquet de cigarettes avant de crier à la cantonade :

— Il n'est pas là Ferdinand ?

— Il ne vient pas, répondit un des joueurs de cartes. Il est enrhumé, ça fait deux jours qu'il ne sort pas de chez lui.

Vincent n'eut aucune difficulté à obtenir l'adresse. C'était à deux pas. Cinq minutes plus tard, il sonnait à la porte de Ferdinand Méru.

Cheveux gris trop longs, col entrouvert sur un tee-shirt douteux, regard las, Ferdinand Méru avait tout d'un vaincu de la vie. Mais, au nom de Francesca Verani-Gobi, la porte s'ouvrit toute grande et, dans le petit salon confiné, les souvenirs défilèrent.

— On avait quoi ? dix-sept, dix-huit ans. On s'est connu en tentant l'examen d'entrée du Conservatoire. Recalés tous les deux. Mais, l'année suivante, elle a été admise comme auditrice libre. Elle a commencé à chanter un peu partout, n'importe quoi, pour payer ses leçons de chant. Elle n'avait pas ce qu'on appelle un physique de théâtre, grande, maigre comme une sauterelle, pas vraiment jolie. Mais, dès qu'elle montait sur une scène, elle était transfigurée, elle devenait belle. Elle était douée, elle...

Il s'interrompit pour se moucher, se frotta longuement un nez tuméfié – le rhume ? les apéritifs ?

— Elle s'est présentée au concours Luigi Spangheri ; ça se passait au Capitole. Elle n'a pas eu de prix, mais le jury l'a remarquée. C'était Levinas qui présidait, vous connaissez ?

Vincent fit oui de la tête.

— Il lui a dit qu'elle n'était pas au point, qu'elle devait beaucoup travailler, qu'il lui ferait signe. Et puis, le coup de chance. L'année suivante, à Aix-en-Provence, une chanteuse est tombée malade deux jours avant la représentation. Levinas a fait venir Thérèse, il l'a auditionnée et, le lendemain, elle chantait *Zerline**. Le succès, tout de suite. C'était parti !

Un ange passa...

---

*Personnage du Don Giovanni de Mozart.

— Et vous ? demanda doucement, Vincent.

— Oh moi… j'ai “cachetonné” en province. Les théâtres de province, ce n'était pas comme maintenant. Vous savez, à l'époque, c'était plutôt minable… Et puis maintenant, je fais des répétitions, bien content quand j'en trouve…

Il parlait de plus en plus bas, perdu dans ses souvenirs.

— Ça remonte à loin, tout ça, au temps où elle ne s'appelait pas encore Francesca.

Vincent sentit qu'on touchait au vif du sujet :

— Ce n'est pas son vrai nom ?

Ferdinand Méru esquissa un sourire :

— Elle s'appelle Thérèse Letournier. Françoise, c'est son second prénom.

— Et elle l'a modifié à cause de ses origines italiennes ?

Cette fois, Ferdinand Méru se mit à rire, ce qui le fit tousser.

— Pas plus italienne que moi ! Sa mère était de Castelnaudary.

— Et son père ?

— Oh son père, je crois bien qu'elle n'a jamais su qui il était.

Il haussa les épaules :

— Je ne peux rien vous dire d'autre. Si vous voulez en savoir plus, vous pourriez faire un tour du côté de la place Saint Michel. Il y a là-bas un boulanger et sa femme, Bourrat, Berrat, un nom comme ça. Quand sa mère ne rentrait pas, le soir, Thérèse, Francesca si vous préférez, dînait avec eux. Elle les aimait bien. Pour elle, c'était comme une seconde famille…

Vincent remercia, bien décidé à poursuivre son enquête chez le boulanger. Mais, auparavant, il devait terminer ses repérages. « Pas de temps à perdre, la lumière tombe vite en octobre. »

La ville rose était… rose, tiède aussi, surtout si on prenait les rues par leur côté ensoleillé.

Il passa au parking de l'hôtel, où l'attendait sa voiture de location, et direction Port Sud.

« C'est à Ramonville, avait dit le concierge. Vous sortirez à peine de Toulouse. Prenez l'avenue de l'URSS et la route de Narbonne. C'est tout droit. »

« Tout droit… C'était vite dit… »

Vincent s'égara un peu, laissa sa voiture trop loin, Chemin de Mange Pommes et arriva à Port Sud juste à temps pour saisir les derniers rayons du soleil sur le canal. Il franchit le pont, prit le sentier qui longe la berge du côté gauche et cadra deux péniches à l'amarre. Puis il s'enfonça dans le sentier. Les grands platanes qui bordaient les deux berges, formaient comme un tunnel de plus en plus sombre au-dessus des eaux où s'attardaient les lueurs rougeoyantes du soleil couchant. Il fit encore quelques prises et revint lentement sur ses pas. Il ne pouvait détacher, ses pensées de ce que lui avait appris Ferdinand Méru. Francesca Verani-Gobi… Thérèse Letournier… Était-ce bien la même femme ? Était-elle de Vérone ou de Castelnaudary ? Et quelle importance ? Le talent n'a pas de frontière…

Le crime non plus. Or, c'était bien de cela qu'il s'agissait…

Vincent reprit sa voiture, consulta son plan Un quart d'heure plus tard, il se garait dans la rue Sainte-Catherine, tout près de la grande rue Saint-Michel. Il s'informa. Le troisième passant interrogé connaissait le nom de Bourrat :

— Vous pensez ! Il y a plus de cinquante ans que j'habite le quartier !

Les Bourrat, « Boulangers de père en fils depuis mille neuf cent vingt », c'est du moins ce qu'indiquait un panonceau au-dessus de la vitrine, tenaient boutique "Au bon pain" dans la rue de Gévaudan. Aux premiers mots, le patron arrêta Vincent.

— La cantatrice ? Il faudrait demander à mon père et même à mon grand-père. C'est lui qui l'a vraiment connue. L'odeur du fournil lui manque. Il vient de temps en temps nous donner un coup de main. Vous avez de la chance, il est là aujourd'hui…

Dans l'arrière-boutique, un vieil homme au regard pétillant cassait des noix à l'aide d'un petit maillet.

— On fabrique des pains de toutes sortes, aux olives, aux noix, vous voyez…

Il ne se fit pas prier pour dévider ses souvenirs et Vincent entendit l'histoire de Thérèse Letournier :

— Elle n'a pas eu la vie facile. Sa mère, une fille-mère comme on disait à l'époque, quand elle est arrivée de Castelnaudary, était repasseuse, c'est comme ça qu'elle gagnait sa vie. Elle la gagnait mal, sa vie. Alors elle a commencé à faire des extras, la nuit. On dit même qu'elle a fréquenté les “maisons” du côté de la place Belfort.

Il fit un clin d'œil égrillard.

— Ensuite, elle s'est mise à son compte, vous me comprenez ? Elle recevait ses clients, la nuit, à domicile. La petite était dehors à attendre, ça nous faisait pitié !

— C'est pour cela que vous l'invitiez à dîner ?

— À dormir aussi. Sans nous, bien des fois, elle serait restée dans la rue.

Vincent écoutait, un peu gêné, conscient de violer le secret d'une existence.

Le vieux cassait ses noix avec entrain et en extirpait délicatement les cerneaux. Il en tendit une pincée à Vincent.

— Mangez ! Les noix, c'est bon pour la santé… Thérèse, on était sûr qu'elle s'en sortirait. Un jour, elle a dit à ma femme : « J'ai du talent, mais cela ne suffit pas ! » Elle a réussi à prendre des leçons de chant avec les meilleurs professeurs de Toulouse. Comment elle s'est débrouillée pour les payer, ça, on ne l'a jamais su…

Avant de partir, Vincent demanda la permission de prendre une photo de la boulangerie. Le patron prit son grand-père par le cou et ils posèrent tous deux devant la vitrine… « Bourrat, boulangers de père en fils… »

De retour à la voiture, Vincent appela Jean-Luc et lui fit un bref compte rendu de ce qu'il avait appris :

— Tu as bien noté ?

— J'ai bien noté. Je crois que l'affaire prend un tour intéressant.

— C'est aussi mon avis. Eh bien, maintenant, je vous souhaite bonne chance, ma mission est terminée.

La voix de Jean-Luc monta d'un ton.

— Tu plaisantes ! On t'attend ici.

— Mais vous n'avez pas besoin d'un photographe pour couvrir cette histoire…

— On a toujours fait équipe.

Jean-Luc s'étranglait presque.

— Tu es le seul d'entre nous qui puisse savoir si on a affaire à la vraie Verani-Gobi. Tu adores l'opéra, tu l'as entendue chanter.

— Plusieurs fois…

— Tu as récolté des renseignements de première main. Tu ne vas pas nous lâcher !

Vincent protesta mollement :

— S'il n'y avait pas Margot…

Il entendit Jean-Luc éclater de rire.

— Margot ! Mais c'est elle qui a annoncé ton arrivée au directeur ! Quand peux-tu être là ?

En son for intérieur, Vincent n'attendait que cela. Son retour à Paris était prévu pour le lendemain.

— J'aurai terminé mes repérages demain matin. Je peux prendre l'avion de quatorze heures.

— Tu rentres chez toi directement, tu te couches tôt, et seul !

— Bien entendu !

— Et le lendemain, tu prends la route aux aurores.

Le ton de Jean-Luc se fit sérieux :

— Je ne plaisante pas. Prends des délais. C'est loin, Quiberon. Tu verras, c'est le bout du monde…

Il était tard. Vincent décida de ne pas rentrer à l'hôtel et d'aller directement dîner. Il avait mis un guide des bonnes tables de Toulouse dans la boîte à gants mais il ne le consulta même pas. Il savait où il voulait aller : à sa brasserie favorite, quai de la Daurade, la plus belle vue sur la Garonne !

Après le dîner, il s'attarda à regarder les rives illuminées. En face, l'Hôtel Dieu et La Prairie des Filtres. À ses pieds, sous le Pont Neuf, l'eau scintillait. Ce qu'il voyait, dans les méandres du fleuve où se jouaient les lumières de la ville, c'était la silhouette d'une gamine, grandie à la "va comme je te pousse" dans un faubourg de Toulouse et qui, à la force du poignet, était devenue Francesca Verani-Gobi.

XV

Le bout du monde… Jean-Luc avait dit vrai. Vincent accéléra, pressé d'arriver. Il avait contourné Vannes puis Auray sous une petite pluie fine qui lui rappelait des souvenirs.

— Me voici, de nouveau, au pays du crachin !

La pluie cessa lorsqu'il eut dépassé Plouharnel. Mais le jour baissait vite. Coup d'œil à la pendule du tableau de bord : il était presque dix-huit heures. Il alluma ses lanternes et pesta contre l'étroitesse de la route à deux voies qui l'obligeait à rouler derrière une camionnette brinquebalante. La camionnette tourna enfin sur sa droite. La route, à présent longeait l'étroite bande de terre qui, telle un cordon ombilical, relie à peine Quiberon au continent. Quiberon… une presqu'île, presque une île. Des deux côtés, la mer. Sur la gauche, des eaux plates où, dans la lumière du crépuscule, se devinaient les échancrures des ports et des plages. Sur la droite, on ne distinguait que le ciel d'un gris foncé et des bancs de brume qui arrivaient par l'ouest. Vincent ralentit, subjugué par la sombre beauté du paysage.

Deux heures plus tard, au “Santez Anna”, installé dans sa chambre, voisine de celle de Jean-Luc et

Anne-Marie, Vincent s'habillait pour le dîner. Les retrouvailles avec Margot s'étaient bien passées, dans une sérénité de bon aloi.

— Tu n'as pas changé, tu sais…

— Toi non plus, avait dit Margot.

— Quand même… Quelques cheveux blancs sur les tempes…

— Cela te va bien !

— On dit ça !

Pas de sentimentalisme ! On reste copains-copains, voilà tout.

N'empêche qu'il apportait un soin particulier à choisir la chemise qu'il allait porter sous son blazer de velours châtaigne, « exactement assorti à vos yeux, avait dit le vendeur. » Jean-Luc pouvait mettre n'importe quoi : avec son mètre quatre-vingt-cinq, il était toujours élégant. Vincent, lui, évitait d'ordinaire, les tenues “habillées” qui, jugeait-il, ne mettaient pas en valeur ses épaules de judoka musclé. Il opta pour la chemise violet très foncé qu'on lui avait conseillée. Sans cravate. Le vendeur avait été formel : « Cela se porte de moins en moins. »

Avant de descendre, il se regarda dans le miroir du couloir. « Élégant mais décontracté. Ce n'est pas parce qu'on a quitté une femme qu'il faut renoncer à la séduire ! »

Margot, Jean-Luc et Anne-Marie l'attendaient au bar. La police avait annoncé un point-presse pour le lendemain matin. Margot, toujours efficace, s'était débrouillée pour qu'ils puissent y assister.

— J'ai copiné avec les gens des journaux locaux. Ils savent que nous couvrons l'affaire. Ils nous aident. Et puis…

Margot baissa le ton, ménageant son effet :

— J'ai vu l'arme du crime !

— Quoi ?

Jean-Luc avait crié et deux des Anglais, accoudés à l'autre bout du bar, se retournèrent.

— J'ai continué à questionner Francesca sur la mort d'Herman Sébastian, dit Margot, et, comme elle voyait que j'étais sceptique, elle s'est énervée et elle m'a emmenée dans sa chambre pour me montrer l'arme avec laquelle elle a tiré. Il y a réellement un revolver qu'elle cache dans le placard au-dessous de sa pile de lingerie.

— Mais elle est folle ! Dans tous les hôtels du monde, les femmes de chambre fouillent les affaires des clients.

— Je vous avais prévenus. Elle est complètement toquée. Il semble qu'elle se soit fait un point d'honneur de tuer Sébastian. Et de s'en vanter.

— Mais pour quelle raison ?

— Il lui aurait brisé sa carrière. Reste à savoir si tout cela est vrai…

Anne-Marie posa son verre sur le bar et se tourna vers Vincent.

— Et pour cela, on compte sur toi.

Il était l'heure d'aller la rejoindre à la salle à manger.

— Nous lui avons parlé de toi, dit Jean-Luc, elle

sait que tu adores la musique. Elle brûle de te connaître.

Assise à la table où elle avait déjà pris place, royale, tout de rouge vêtue, Francesca les regardait arriver. Jean-Luc fit les présentations :

— Vincent Harmelin, reporter, avec qui je fais équipe. C'est un cameraman et surtout un photographe de grand talent ; c'est, de plus, un mélomane averti…

— Et un de vos fervents admirateurs, Madame, dit Vincent en s'inclinant.

Dès qu'il eut levé les yeux et rencontré le regard magnétique de Francesca, il sut qu'il avait devant lui la vraie, la grande Verani-Gobi. Certitude qui ne fit que se confirmer pendant tout le dîner. La voix parlée était admirablement placée avec, par moments, ces notes graves, en voix de poitrine, qui, autrefois, lorsqu'elle chantait un passage particulièrement dramatique, faisait courir un frisson dans les rangs du public. Point n'était besoin, pour identifier la diva déchue, de recourir au test cruel mis au point par Jean-Luc. C'est ce que Vincent, discrètement, tenta de lui faire comprendre, au moment où l'on se levait de table. Mais Jean-Luc ne l'entendait pas ainsi :

— Il faut en avoir le cœur net. Il faut qu'on sache exactement sur quel coup on travaille !

Le salon de lecture était désert ; il y entraîna son monde, fit servir les cafés, laissa rouler la conversation. Francesca, lovée dans son fauteuil-club, bavardait, détendue.

— Vincent, dit Jean-Luc avec un naturel parfaitement feint, a un peu de mal à se faire au crachin de Quiberon, il vient de passer deux jours à Toulouse…

Margot était suave :

— Vous connaissez Toulouse, je crois ? Vous y avez fait vos études…

— Oui, au Conservatoire.

— C'est une très belle ville, n'est-ce pas ? dit Anne-Marie.

Francesca remuait pensivement le café dans sa tasse.

— En fait, je la connais peu. Mes parents et moi sommes retournés à Vérone au bout de deux ans.

Chacun avait joué sa partition. « À ton tour, maintenant », disaient les yeux de Jean-Luc.

« C'est vrai que nous sommes des charognards, pensa Vincent. »

Trois paires d'yeux impitoyables le fixaient. Impossible de se dérober.

— À Toulouse, j'ai rencontré des gens qui se souviennent de vous : un certain Ferdinand Méru…

Francesca s'était redressée dans son fauteuil, flairant le danger. C'était le moment de porter l'estocade.

— Et puis – il tira une photo de sa poche et la lui mit sur les genoux – et puis, le père Bourrat.

Elle avait blêmi tandis qu'elle regardait la photo… « Boulangers de père en fils. »

— Qui êtes-vous, cria-t-elle ? Pourquoi fouillez-vous dans mon passé ? Que me voulez-vous ?

La porte du salon s'entrebâilla et l'on vit apparaître le visage effaré d'un des Jérôme-Lucien. D'un geste sec, Margot le congédia.

— Nous essayons de comprendre ce qui s'est passé, dit Jean-Luc calmement.

— Il ne s'est rien passé !

— Rien ? Ces deux morts…

D'un bond, elle fut debout, tournée vers Margot, comme une furie.

— Qu'est-ce que vous leur avez dit ? J'avais confiance en vous ! Vous m'avez trahie !

Sa voix s'était comme enrouée :

— Vous allez me dénoncer à la police. Allez-y ! Ça m'est égal !

Dans ces cas-là, Vincent admirait le sang-froid de son partenaire.

— Qui parle de police ? dit Jean-Luc, toujours aussi calme. Nous voulons simplement vous aider.

— Je n'ai pas besoin qu'on m'aide. Je suis perdue, je le sais.

Elle avait l'air d'une bête aux abois. Il fallait essayer de la calmer, de la remettre en confiance. D'un regard, Vincent demanda à Anne-Marie et à Margot de s'éclipser. Il revint vers Francesca, la fit se rasseoir.

— Pourquoi avez-vous tué Herman Sébastian ? dit-il avec douceur, un chef d'orchestre hors pair… un homme qui a tant fait pour votre carrière…

— C'était un salaud ! Si vous saviez… Sous prétexte de perfectionnisme, il torturait les musiciens de son orchestre. Certains ont sombré dans la dépression et ne s'en sont jamais remis. Quant aux chanteurs… ce qui l'excitait, c'était de faire et de défaire les carrières !

Sa voix se brisa :

— C'était un génie et un monstre !

Vincent vint s'asseoir près de Francesca.

— Que s'est-il passé exactement ?

— Cela remonte à près de quinze ans, dit Francesca d'une voix sourde. C'était juste après la série de représentations du Chevalier à la Rose à l'Opéra de Buenos Aires…

Vincent se souvenait d'avoir vu l'œuvre au Palais Garnier.

— Je suis allé trois fois vous entendre dans la Maréchale. Vous étiez merveilleuse !

Francesca leva vers lui un regard éperdu.

— C'est vrai ? Je chantais le rôle depuis le début de la production. Nous avions tourné un peu partout dans le monde. Je savais qu'Herman Sébastian avait le projet de faire produire un film-opéra avec Le Chevalier à la Rose ; je devais en être, bien entendu. Le projet a pris corps. Au dernier moment, j'ai appris, par la presse, qu'il donnait le rôle à Martha Gessler. Je n'ai jamais eu d'explication. Sébastian a refusé de me rencontrer et même de me répondre au téléphone.

— Mais, dit Jean-Luc, c'était il y a quinze ans. Depuis tout ce temps…

Francesca secoua la tête :

— Quand on est lâchée par un chef comme Sébastian, on ne s'en remet pas. À partir de là, on ne m'a plus proposé que des choses sans intérêt. J'étais finie.

Vincent la vit crisper les mains sur les accoudoirs de son fauteuil. Il y avait dans ses yeux mordorés un véritable désespoir.

— Vous ne pouvez pas comprendre, dit-elle avec véhémence. Dans ce métier – est-ce que c'est un métier ? – il y a des soirs de miracle… La salle entière est suspendue à votre souffle, elle respire, elle vit avec vous. Quand vous avez éprouvé une fois cela, vous ne pouvez plus vous en passer !

— Une drogue, dit Vincent.

— Oh non, pas une drogue ! Mais une sensation de plénitude… Comme lorsqu'on a bien fait l'amour… mais en plus fort. Tout d'un coup, on sait pourquoi on existe ! C'est tout cela qu'il m'a enlevé, ce salaud ! Il m'a construite et puis il m'a détruite !

XVI

Il fallait vraiment de la patience pour trouver un intérêt quelconque au point-presse. Comme si l'on avait décidé de ne révéler que ce qui traînait partout depuis deux jours, aussi bien dans les “échos” de la presse locale ou nationale, que dans les savants articles des critiques musicaux venus d'un peu partout, surtout d'Autriche, le pays d'origine d'Herman Sébastian. Le bruit courait que l'on attendait des gens du SRPJ de Paris et, en attendant, sur le plan local, on marchait sur des œufs.

D'une voix monocorde, le préposé à la communication, un petit blond manifestement intimidé, donnait des précisions – connues de tous – sur les circonstances du meurtre : d'après les premières estimations, le meurtre avait été commis entre treize et quinze heures, sur la Côte sauvage…

— À quel endroit exactement ?

— Sur la falaise, juste après Port Bara. D'après le témoignage du chauffeur de taxi, la victime avait exprimé l'intention de faire sa promenade face à l'îlot de la Truie.

— L'arme du crime ? demanda encore quelqu'un.

— Il est trop tôt pour la déterminer avec certitude.

Jean-Luc et Vincent échangèrent un regard de déception.

— Deux coups de feu ont été tirés. À chaque fois, d'un endroit différent, c'est ce que révèle l'angle de tir. Mais, seule, une des balles a atteint sa cible. Ce que l'on peut dire, reprit l'officier de police, c'est que la victime a été tuée sur le coup d'une seule balle tirée selon une trajectoire horizontale dans la tête, de très près, moins de deux mètres. C'est tout. Mesdames et Messieurs, je vous remercie.

Au dernier rang, une voix s'éleva, fortement teintée d'accent anglo-saxon :

— Est-ce qu'on a une idée sur le mobile du crime ?

L'officier de police esquissa un geste de protestation :

— À ce stade de l'enquête…

Mais le correspondant du Washington Post Europe – tout le monde l'avait reconnu – ne se tenait pas pour battu :

— Herman Sébastian n'était pas un homme à sortir sans une certaine somme d'argent sur lui ni… Est-ce qu'il a été volé ?

Le petit blond parut s'animer :

— C'est-à-dire que, dans les vêtements, il n'y avait que des papiers sans intérêt. Mais, sur le sentier, à moins de cent mètres, on a retrouvé le portefeuille de la victime vide, et, à une vingtaine de mètres, ses papiers d'identité.

— Et l'argent ?

— On n'a pas retrouvé d'argent ni de carte de crédit ni de chéquier.

— Donc, dit quelqu'un, au premier rang, ce pourrait être le crime d'un rôdeur qui aurait sauté sur l'occasion de détrousser un promeneur isolé ?

— Nous n'écartons aucune hypothèse, dit le petit blond qui paraissait maintenant s'intéresser à ce qu'il disait, mais les objets retrouvés étaient disposés de façon assez étrange… Les trois compartiments du portefeuille bien étalés, les papiers soigneusement dépliés. Pas du tout ce que ferait un voleur, pressé de détaler avant d'être vu. La disparition de l'argent pourrait être une ruse destinée à égarer les enquêteurs sur une fausse piste…

Il rangea ses papiers et leva la séance. À aucun moment, il n'avait été question de la mort du vétérinaire. Ce que redoutaient Jean-Luc et Vincent ne s'était pas produit : pour le moment, personne ne pensait à faire le lien entre les deux affaires.

Vincent encaissa sans broncher la bourrade que lui décocha Jean-Luc, tandis que la salle se vidait.

Une heure plus tard, ils étaient "sur le terrain".

Vincent gara sa voiture dans l'un des espaces aménagés en parking le long de la route côtière. « Vent de modéré à assez fort », avait annoncé la météo marine… Jean-Luc soupira :

— On a dû rater le moment où il était modéré, le vent !

Après quelques pas, il se retourna pour jeter un coup d'œil sur la voiture. Unique véhicule sur le vaste terre-plein, au milieu des dunes désertes, elle semblait, tout à coup, terriblement vulnérable.

— J'ai lu dans un de mes guides qu'il y a, dans les parages, des guetteurs qui attendent que les automobilistes se soient éloignés pour fracturer les portières des voitures.

Vincent haussa les épaules, fataliste.

Ils marchèrent à travers la dune et arrivèrent sur un piton rocheux d'où l'on dominait une petite crique. D'après le plan, c'était Port Bara. La mer était grise, déjà formée. Elle arrivait en longs rouleaux argentés qui semblaient venir de très loin, d'une immensité inaccessible aux regards des hommes, avant de se briser sur le sable clair.

— Il faut prendre à gauche, dit Vincent.

Sur la dune, le vent les prenait de côté et, d'un même mouvement, ils remontèrent le col de leur ciré. Encore quelques minutes de marche et Jean-Luc s'arrêta.

— On doit y être.

Il avait recoupé les détails topographiques donnés par les journaux, la police et, surtout, par Francesca, et, à un ou deux mètres près, il était capable de localiser l'endroit où Herman Sébastian avait été tué.

— Je comprends qu'il ait aimé se promener par ici, dit Vincent.

La brutalité des éléments avait de quoi séduire celui qui savait déchaîner les orages de la musique…

En effet, le spectacle de la mer était impressionnant : les vagues de plus en plus fortes déferlaient sur les bancs de récifs qui barraient l'horizon puis les dénudaient furieusement avant de les recouvrir à nouveau avec une force titanesque.

— Elle a dû tirer à peu près de là, fit Jean-Luc avec un geste vers le sol.

Vincent approuva.

Francesca avait donné quelques détails à Margot : elle avait tiré de la dune, alors qu'elle ne voyait que le buste de Sébastian parce qu'il était légèrement en contrebas. Elle affirmait l'avoir vu trébucher et disparaître de son champ de vision. Elle s'était ensuite sauvée le plus vite possible jusqu'à Kerboulevin où elle avait laissé sa voiture. Elle disait n'avoir rencontré personne.

Avec précaution, ils s'approchèrent du bord de la falaise, renoncèrent à descendre car la roche était glissante, balayée par les embruns et on les avait mis en garde sur le danger des lames de fond. En bas, dans une anfractuosité, au milieu d'un tourbillon de rochers noirs et déchiquetés, les vagues se brisaient avec des mugissements sauvages.

À la différence de ce qui était arrivé pour le vétérinaire, le corps de Sébastian n'était pas tombé à la mer ; on l'avait retrouvé, un mètre plus bas, sur un plat de rocher, à l'aplomb de la falaise.

— Tu prends une ou deux photos ? dit Jean-Luc.

— Si tu veux.

Ils hésitaient à poursuivre vers la gauche en direction de la pointe de Kervihan, là où, d'après les dires de Francesca, elle avait tiré sur le vétérinaire.

— Je ne crois pas que cela nous serve à grand-chose, dit Vincent.

Le vent soufflait de plus belle ; ils renoncèrent et, tournant le dos à la côte, repartirent en direction de la voiture. La lumière baissait déjà et, sur la dune désertique, balayée par les rafales, le ciel, obscurci par les nuages, semblait faire peser une sourde menace.

— Quel paysage sinistre ! dit Vincent, Il y a vraiment de quoi inspirer un criminel !

Jean-Luc rabattit la capuche de son ciré.

— Et Francesca, ça l'a inspirée… et même à deux reprises !

XVII

À deux reprises… Seul dans sa chambre, Vincent réfléchissait et quelque chose en lui refusait l'évidence… Comment croire que la grande Verani-Gobi, celle qui, quinze années durant, pour les mélomanes du monde entier, avait été la "diva assoluta" ait pu perdre la tête au point de devenir, par deux fois, une criminelle.

Et pourtant, il y avait les confidences que Francesca avait faites à Margot… Lassé de ressasser des questions sans réponse, il décrocha le téléphone intérieur et appela Jean-Luc :

— Je peux venir ? J'aimerais qu'on fasse le point.

Jean-Luc était, allongé, tout habillé, sur son lit.

— Les filles sont au "Sofitel thalasso" ; elles font une séance relaxation-beauté, masque, enveloppement d'algues… le grand jeu. Elles en ont pour tout l'après-midi ; on est tranquille.

Vincent prit place dans le fauteuil près d'un guéridon où il étala une feuille de papier. Au cours de leurs reportages, Jean-Luc le plaisantait souvent sur sa manie de se préparer comme pour prendre des notes alors que, la plupart du temps, il se contentait de tracer des ronds noirs sur le papier blanc. Il n'en avait cure ; cela l'aidait à réfléchir, disait-il. Il se carra confortablement dans son fauteuil.

— Maintenant, on remet tout à plat. Commençons par la mort de Sébastian, c'est là que les contradictions sont les plus criantes D'après ce qu'elle a raconté à Margot, Francesca n'a tiré qu'une seule fois. Or, on a retrouvé deux douilles. Elle dit qu'elle était sur le bord de la falaise et que Sébastian était au-dessous d'elle. Or, la balle mortelle a été tirée à l'horizontale. Enfin, elle affirme qu'elle s'est sauvée immédiatement et, pourtant, on a pris le temps de voler le portefeuille de Sébastian.

— D'ailleurs, ajouta Jean-Luc, à propos du portefeuille, tu vois Francesca en train de faire les poches du type qu'elle vient de tuer ?

Vincent haussa les épaules :

— Non. Évidemment. Passons à la première affaire. Francesca a dit à Margot qu'elle avait pris un inconnu pour Sébastian…

— C'était le vétérinaire.

— Le vétérinaire, soit, elle l'a tué d'un coup de revolver, mais…

— Mais au terme de l'enquête et de l'autopsie, l'homme est tout simplement mort par noyade.

— D'où on peut déduire, reprit Vincent qui dessinait des ronds, machinalement, sur sa feuille de papier, qu'elle n'a pas tué le vétérinaire. Il pourrait avoir été effrayé par le coup de feu et, de saisissement, être tombé à l'eau.

— Mais, dans ce cas, pourquoi ne le dirait-elle

pas ? Pourquoi inventer cette histoire de coup de revolver ?

Vincent, penché sur sa feuille de papier, commençait à tracer un triangle à l'intérieur de chacun de ses ronds.

— Je ne sais pas, soupira-t-il. Mettons que ce soit un fantasme de diva. Elle a si souvent joué la Tosca* ! Tu sais, quand Tosca plante un poignard dans la poitrine de Scarpia… Elle aurait remplacé le poignard par un revolver. Un coup de revolver face à la mer démontée, ça fait une scène splendide, ça a de la gueule !

Toujours allongé sur son lit, les mains derrière la tête, Jean-Luc faisait, pensivement, jouer ses orteils à travers ses chaussettes, pas convaincu.

— C'est beau la psychologie, mais « les faits sont têtus », comme disait l'autre.

— Quel autre ?

— Je ne sais plus… Les deux douilles qui ont été retrouvées sur place, alors qu'elle n'a tiré qu'une balle, tu en fais quoi ?

— Je n'en sais rien, avoua Vincent.

Il crayonnait fébrilement – des carrés autour de chaque triangle – sous l'œil de plus en plus intéressé de Jean-Luc.

— Maintenant, supposons que…

— Qu'il y ait eu quelqu'un d'autre sur le lieu des crimes…

---

*Opéra de Puccini.

— Alors, tout peut s'expliquer. Le vétérinaire, par exemple, Francesca lui tire dessus. Une balle perdue, emportée par les vagues. L'homme est effrayé, il essaie de fuir – on nous l'a dit, c'est facile de glisser sur les rochers.

— Surtout si on vous aide un peu…

— Pour Sébastian, même scénario : elle tire, elle rate sa cible.

— Mais, en contrebas, il y a quelqu'un d'autre, un bon tireur…

— Elle ne se rend compte de rien, elle file…

À présent, Vincent entourait ses carrés d'une sorte de volute en forme de fleur… Jean-Luc se leva, se rassit sur le bord du lit.

— Il y a quelque chose qui cloche dans notre scénario. C'est qu'on n'a plus de mobile. Avec Francesca, c'est limpide. Son motif, c'est la vengeance. Pour le deuxième tireur…

— Mais on garde la vengeance. Tu sais aussi bien que moi qu'un homme comme Sébastian avait des tas d'ennemis. Tous les gens qu'il a évincés, humiliés, persécutés parfois. Rien que dans son orchestre. Tous ses premiers violons, par exemple, à un moment ou à un autre, ont été contraints de s'en aller…

— Les enquêteurs ont dû y penser. Ces gens-là sont faciles à repérer. Ils appartiennent tous, peu ou prou, au milieu musical. On a déjà dû passer au peigne fin les touristes ou curistes séjournant à Quiberon, au moment du meurtre.

Vincent se leva, déchira sa feuille de graffitis en

menus morceaux qu'il déposa dans la corbeille à papiers.

— Le détail crucial, c'est le revolver. Il faut qu'on ait une conversation avec Francesca. qu'on sache si ce revolver lui appartient, qu'on le voie. Dès que Margot sera rentrée, je lui demande de nous arranger cela. En attendant, qu'est-ce qu'on dit à la rédaction ?

— Rien. On attend. Officiellement, on est en vacances. On se contente de donner un coup de main à Margot. Elle a déjà envoyé un papier à *Personna* sur le thème "Herman Sébastian, fric et pouvoir". Ça leur va, ils attendent la suite.

XVIII

Vincent dépouillait les journaux dans sa chambre lorsque, peu après dix-huit heures, le téléphone intérieur sonna : Margot annonçait que Francesca acceptait de les recevoir au salon de musique.

— Pas dans un salon ! protesta Vincent. Il nous faut un endroit discret. On veut vraiment savoir exactement ce qui s'est passé.

Il entendit le soupir de Margot :

— Je vais essayer mais ce ne sera pas facile. Elle était réticente ; j'ai dû édulcorer un peu les choses. Elle croit qu'il s'agit d'une interview professionnelle, que vous voulez la faire parler de sa carrière, de ses rapports avec Sébastian.

Dix minutes plus tard, Margot rappelait. Francesca les recevrait, autour d'une coupe de champagne, dans sa chambre.

— Mais brièvement, ajouta Margot. Elle est invitée à dîner à l'extérieur et il lui faut le temps de s'habiller.

Si, comme l'avait dit Francesca, elle était invitée par la direction, il fallait reconnaître que Stéphanopoulos avait bien fait les choses. La chambre était, en réalité, une suite avec terrasse donnant sur la mer.

Vincent nota avec une pointe d'attendrissement que le salon avait pris des airs de loge de théâtre : consoles réunies en table de maquillages bouquets de fleurs, photos de la diva dans ses rôles à succès, tout évoquait l'ambiance d'un soir de première. La tenue de Francesca était en accord avec la mise en scène. Superbe dans un déshabillé hollywoodien de velours ivoire, ourlé d'un col de cygne ton sur ton, elle les avait fait asseoir avec la gentillesse un peu lointaine de la star accablée de bravos mais qui sait rester simple…

Malgré le champagne, la conversation était difficile. Francesca égrenait des souvenirs, elle semblait avoir totalement perdu de vue les événements dont elle était responsable et Vincent ne savait comment la remettre sur le sujet. Anne-Marie et Margot meublaient comme elles pouvaient : Stéphanopoulos les invitait tous à sa table, le lendemain soir…

— C'est pour remercier Anne-Marie, dit Margot. Elle lui organise une présentation de nouveaux textiles, ces matières dites “intelligentes”. C'est l'avenir. Vous en avez sûrement entendu parler…

— Je n'en suis pas sûre, dit Francesca poliment.

Furtivement, elle regarda sa montre. C'était la troisième fois. Il n'était que temps de passer au vif du sujet.

— Vous savez, dit Vincent, que la police a fait un point-presse ce matin ; nous y étions. Parmi les détails intéressants…

Le sourire s'éteignit sur les lèvres de Francesca.

— Parmi les détails intéressants, il y a le portefeuille…

Elle le regardait fixement, attendant la suite.

— On a retrouvé le portefeuille d'Herman Sébastian à quelques dizaines de mètres de l'endroit où était le corps.

Elle se taisait toujours. Vincent prit sa respiration avant de poursuivre :

— Après l'avoir… après avoir tiré, vous êtes partie en courant. C'est bien cela ?

Elle acquiesça d'un hochement de tête.

— Vous ne lui avez pas pris son portefeuille ?

— C'est cela que vous voulez savoir ? Elle paraissait plus stupéfaite que choquée. Le voler ! Mais vous êtes fous ! Comment pouvez-vous imaginer que, moi, j'aurais pu…

— C'est bien parce que nous ne l'imaginons pas que nous vous posons la question. On a retrouvé le portefeuille un peu plus loin, sur le sentier. Il n'y est pas venu tout seul.

— Et il y a autre chose… dit Jean-Luc.

Il avait prévu de la désarçonner en l'interrogeant brutalement, pour savoir ce qu'elle avait dans le ventre.

— Vous avez tiré sur le vétérinaire ?

De nouveau, elle gardait le silence, butée.

— Vous lui avez tiré dessus ? insista Jean-Luc. C'est bien ce que vous avez dit à Margot ?

— Oui, lâcha Francesca.

— Mais, à l'autopsie, il n'y a aucune trace de

balle. Et sur Sébastian, vous n'avez tiré qu'une seule fois ? Vous le maintenez ?

Cette fois, elle explosa :

— Mais c'est un interrogatoire ! Je n'ai pas à répondre ! Vous n'avez pas le droit !

Vincent intervint :

— Nous ne sommes pas vos ennemis... Nous essayons de comprendre ce qui s'est réellement passé. Est-ce que vous vous rendez compte qu'il s'agit de deux crimes ? Avec préméditation !

— C'est mon affaire, dit-elle d'une voix blanche.

— C'est la nôtre aussi, dit Jean-Luc. En gardant le silence, nous devenons vos complices. Recel d'informations. Dans une affaire comme celle-ci, c'est un délit grave.

Elle ouvrit de grands yeux. Manifestement, elle n'avait jamais pensé à cela... Le plus délicat allait être de se faire montrer l'arme.

— Margot nous a dit, poursuivit Jean-Luc, que vous gardiez le revolver, caché sous vos vêtements...

Le regard de Francesca, lourd de réprobation, pesa sur Margot qui fixait obstinément ses chaussures. Anne-Marie vint à son secours :

— Elle ne l'a pas fait par indiscrétion mais parce qu'en gardant cette arme dans vos affaires, vous prenez de gros risques.

Margot leva enfin les yeux.

— C'est vrai. N'importe quelle femme de chambre...

— Ce revolver, on peut le voir ?

Face à ce tir groupé, Francesca ne résista plus. Elle passa à la salle de bains et revint, tenant l'arme à pleine main. Elle la posa sur la table basse, au milieu des coupes. C'était un revolver épais, de taille moyenne, à canon court. Jean-Luc s'approcha.

— Smith and Wesson, dit-il.

— Tu connais les marques des armes, toi ? demanda Anne-Marie.

— C'est gravé sur la crosse…

Anne-Marie avança la main.

— N'y touche pas ! s'écria Jean-Luc.

Et à l'adresse de Francesca :

— Vous auriez un mouchoir ?

Elle lui passa un foulard. Il s'en servit pour saisir l'arme, l'examiner de près : le cran d'arrêt était mis. Il reposa le revolver.

— Vous avez mis le cran d'arrêt ?

— Moi ? Non, dit Francesca, ne comprenant visiblement pas de quoi on parlait.

— Je vous demande, répéta Jean-Luc, si, après avoir tiré, vous aviez mis le cran d'arrêt ?

— Mais non, pourquoi ? C'est quoi le cran d'arrêt ?

— C'est cela.

Ils la considéraient tous les quatre dans un silence qui dut lui paraître intolérable.

— Ne me regardez pas comme cela, cria-t-elle. Je suis une criminelle, je n'ai pas d'excuse. Je sais ce que vous pensez !

Elle était blême. On la sentait au bord des larmes.

Vincent la saisit par le bras :

— Écoutez-moi bien, Francesca…

Curieusement, cette familiarité soudaine parut la rassurer.

Et, posément, Vincent martela ses mots :

— Ce que nous pensons, c'est que, contrairement à ce que vous croyez, vous n'avez tué personne !

XIX

Être réveillé par une sonnerie de téléphone alors qu'on a décidé de dormir tard, Vincent n'aimait pas cela. C'était pourtant ce qui était en train de lui arriver. Il décrocha.

— Qu'est-ce que c'est ? bougonna-t-il, pas aimable.

— C'est moi.

La voix de Margot… Ça changeait tout…

— Qu'est-ce qui se passe ?

— Francesca. Elle vient de m'appeler. Elle a décidé d'aller se livrer à la police.

— Quoi ?

— Elle dit qu'hier soir, nous lui avons ouvert les yeux. Elle ne se rendait pas compte qu'en nous faisant des confidences, elle faisait de nous ses complices. Ce sont ses propres mots. Elle veut assumer seule, tout raconter aux policiers et…

— Attends un peu… Où es-tu ?

— Dans ma chambre.

— Tu as pris ton petit-dej' ?

— Pas encore…

— Commande pour deux. Bien tassé, hein ! J'arrive. Le temps d'enfiler une robe de chambre.

— Et un pyjama…

— Quoi un pyjama ?

— Sous la robe de chambre, mets un pyjama !

— Si tu y tiens…

Dix minutes plus tard, tout en faisant un sort aux œufs à la coque – le sien et celui de Margot, une vieille habitude – Vincent inspectait la chambre.

— Tu es bien ici ! Vue sur mer…

— Pas toi ?

— Non, moi je suis en face, avec vue sur les jardins.

Un temps, puis :

— Si je m'installais ici ? C'est une chambre double…

Il regardait Margot – elle faisait celle qui n'avait rien entendu – en train de se resservir du thé.

— Tu sais que tu es encore plus jolie que…

— Tais-toi. Tu n'es pas là pour ça.

Mais les yeux de Margot s'étaient mis à briller sous le compliment.

Le téléphone sonna.

— Ça doit être Francesca. Décroche, dit Margot.

Ça n'était que la réception, on venait de livrer le tapis.

— Tu as acheté un tapis ?

— Oui, un kilim.

— Un kilim, dit Vincent rêveur. Tu te rappelles le jour où on s'est disputés pour la voiture… Les lanternes allumées… c'était toi, tu le savais bien !

— Oui. J'avais envie de te faire sortir de tes

gonds. Il y avait des jours et des jours que tu ne me regardais pas.

— Tu te rappelles quand on a fait la paix ?

Il la vit rougir et détourner les yeux.

— Tu étais en train de te démaquiller. Je suis arrivé derrière toi… On n'a même pas défait le lit… On a passé une partie de la nuit sur le kilim du salon. Tu l'as toujours le kilim du salon ?

— Pendant un moment, j'ai eu un chat. Il pissait dessus : il ne s'habituait pas à l'appartement. J'ai dû m'en séparer.

— Du chat ou du kilim ?

— Des deux.

Le téléphone sonna de nouveau. Vincent entendit Margot répondre que : « oui, Madame Verani-Gobi lui avait téléphoné, une demi-heure auparavant mais que non, elle ne l'avait pas vue ; non, elle ne savait pas où elle était. »

— C'était Stéphanopoulos, le directeur. Il vient de recevoir un coup de fil du commissariat. Il paraît que Francesca a appelé tôt ce matin pour dire qu'elle avait à faire une déclaration importante. Elle a convoqué le commissaire à quatorze heures.

— Convoquer le commissaire ! Elle a du souffle !

Ils avaient rendez-vous avec Jean-Luc et Anne-Marie à la salle à manger. Dans le hall, Stéphanopoulos saluait les clients, tiré à quatre épingles, comme d'habitude, mais visiblement nerveux.

— Elle ne vous a toujours pas fait signe ? C'est étrange ! D'après la femme de chambre, elle s'est fait servir son petit-déjeuner dans sa chambre, très tôt, contrairement à ses habitudes. Depuis, elle est introuvable.

On vint le chercher : un appel urgent dans son bureau.

— Si vous la voyez, fit-il, prévenez-moi tout de suite. Je suis harcelé par les appels du commissariat. Ils veulent savoir ce qu'elle a à communiquer.

Jean-Luc se tourna vers Margot.

— Toi qui la connais un peu, tu crois qu'elle est capable de mettre son projet à exécution ?

Margot secoua la tête.

— La seule chose que je sache, c'est qu'elle est totalement imprévisible.

— Il faut l'empêcher de parler, la convaincre, continua Jean-Luc. On est sur un coup fumant, les seuls à apercevoir les dessous de l'affaire, les seuls à savoir qu'il y a eu deux meurtres et qu'ils sont liés. Si elle déballe tout, c'est la police qui mène la danse et nous, on est condamnés à la banalité, au train-train des informations officielles distillées au compte-gouttes…

— Et en plus, ajouta Vincent, personne n'a envie de la voir partir en garde à vue.

En sortant, ils firent un détour vers le fond de la salle à manger où Édouard surveillait la remise en ordre des tables. Pour la forme, Margot l'interrogea :

— Vous qui savez tout, Édouard…

Contrairement à Stéphanopoulos, le maître d'hôtel affichait une belle sérénité.

— Pour l'instant, je suis comme tout le monde, je ne sais rien. Mais, à mon avis, on a tort de s'inquiéter. Madame Verani-Gobi va réapparaître. Elle est sortie faire un tour, voilà tout.

— Si tôt ? Ce n'est pas son genre. Je sais bien qu'elle est fantasque mais tout de même…

Édouard leva les yeux au ciel.

— C'est une artiste, Madame. Les artistes sont capables de tout.

La façon qu'avait Édouard de prononcer le mot “artistes” en disait long sur l'estime qu'il leur portait…

— Elle a dû aller se promener sur la Côte sauvage.

— Par ce temps ! s'exclama Anne-Marie.

— Elle y va presque tous les jours…

— Comme Herman Sébastian, souffla Vincent.

Il regretta aussitôt l'imprudence de sa remarque. Édouard souriait d'un air entendu.

— Exactement. Et même – je sais bien que c'est une coïncidence mais il ne faut pas en parler, car cela pourrait lui causer des ennuis – elle y était le jour du meurtre.

— Comment le savez-vous ?

— C'est elle qui me l'a dit.

*

Après le déjeuner, alors que Margot et Anne-Marie se faisaient coiffer et que Jean-Luc planchait sur la façon dont il allait proposer le sujet à leur rédaction, Vincent patrouillait dans les couloirs, à la recherche de Francesca. Édouard vint le trouver :

— Madame Verani-Gobi est réapparue.

— Quand ?

— Il y a une dizaine de minutes. Elle semble très fatiguée.

— Où est-elle ?

— Dans le salon de musique.

Vincent se précipita. Francesca était là. Un disque tournait, Vincent le reconnut aussitôt. Assise, la tête appuyée au dossier du fauteuil, les yeux fermés, elle respirait au rythme de l'air dont elle scandait la mesure, du bout des doigts. Se croyant seule, elle revivait le passé.

Brusquement, Vincent eut l'impression d'être un violeur, un violeur de secret. Avait-on le droit de s'immiscer dans l'intimité de cette femme, même si c'était pour essayer de la sauver ? Gêné, il prit la parole pour signaler sa présence :

— Le Bal masqué*... Amelia... Le duo du troisième acte, avec Renato...

Elle ouvrit les yeux. Elle avait dû marcher sous la pluie. Ses cheveux étaient mouillés et elle n'avait même pas pris le temps d'ôter son imperméable.

— J'étais sûre que vous me trouveriez. Vous voyez, dit-elle, je m'écoutais.

— Vous avez fait pleurer des salles entières avec cette aria !

---

*Opéra de Verdi.

— Et maintenant, je vais faire pleurer les jurés de la Cour d'assises…

« J'aurais dû y penser, se dit Vincent, elle est en train de s'inventer un nouveau rôle ! »

Il alla vers la porte, s'assura qu'elle était bien fermée et revint s'asseoir auprès de Francesca.

— Votre décision est une folie… Nous vous demandons de renoncer à faire cette révélation à la police. Nous sommes convaincus, tous les quatre, que ce n'est pas vous qui avez tué…

— Même si vous dites vrai, j'ai eu l'intention de tuer. Pour la justice, je suis coupable.

Le pis, c'est qu'elle avait raison.

— Justement, dit Vincent, il n'y a pas que le procès. Ensuite, il y a la condamnation.

— La peine de mort a été abolie.

— Mais pas la prison. Les prisons, ça n'a rien à voir avec un hôtel quatre étoiles ! Vous vous voyez partageant une cellule avec cinq ou six détenues qui sont rarement ce qu'on fait de mieux en matière de savoir-vivre ?

— J'essaierai de les aider. Je les éduquerai. Je les initierai aux émotions artistiques. J'y ai déjà pensé. Une chorale qui réunirait détenues et gardiennes… toutes ces femmes unies dans l'amour de la musique…

La diva déchue dans son nouvel emploi… L'ange des prisons à la voix d'or, charmant tout sur son passage… On était en plein délire ! Margot avait raison : elle était impossible. Mais impossible aussi de ne pas succomber au charme de ces yeux mordorés, de cette voix ensorcelante, de ces mains qui se joignaient dans le geste pathétique qu'elle avait, lorsqu'elle chantait *Casta diva**.

Vincent rapprocha sa chaise.

— Écoutez-moi bien. Essayez de redescendre sur terre. La promiscuité au quotidien, vous rendez-vous compte de ce que cela signifie ? Les latrines en commun, quand ce ne sont pas les tinettes…

— Qu'est-ce que les tinettes ?

Vincent prit son souffle :

— Les seaux à vidanges !

Elle se tut, les yeux fixes, agrandis. Une imaginative, Francesca… Vincent la sentit faiblir. Il fallait pousser l'avantage.

On frappait. Édouard entrebâilla la porte.

— Monsieur le Directeur vous fait dire que le commissaire sera là dans un quart d'heure.

Elle avait réussi à faire déplacer le commissaire ! Un quart d'heure. Le temps pressait. Vincent jugea que le moment était venu de faire vibrer la corde la plus sensible.

— J'ai toujours été amoureux de vous. Comme votre public, je vous ai adorée dans tous vos rôles. Je ne supporte pas l'idée de vous voir finir vos jours en prison. Comme tout le monde, je veux vous revoir sur la scène.

— C'est vrai ?

---

*Dans *Norma*, Opéra de Bellini.

Il sentit qu'il avait visé juste. Francesca s'était levée, animée par une énergie retrouvée.

— Mais qu'est-ce que je peux faire maintenant ? Qu'est-ce que je peux dire au commissaire ?

— N'importe quoi. Que vous connaissiez bien Sébastian, que vous pouvez lui fournir des détails sur ses habitudes, ses relations… Improvisez !

— Mais vous avez vu dans quel état je suis, pas maquillée, les cheveux pendants…

— Dix minutes pour vous faire une beauté. Toutes les femmes savent faire cela !

— Ouf ! fit Vincent en la voyant disparaître vers l'ascenseur.

XX

Vincent sortit à son tour. Jean-Luc était là :

— Tu as réussi ?

— Je crois que oui mais pas sans mal.

— Bravo ! Moi, j'ai obtenu du directeur qu'il insiste pour que nous assistions à l'entretien avec le commissaire, au début tout au moins. Il nous doit bien cela, avec tout ce qu'Anne-Marie fait pour sa publicité. À propos du commissaire, tu vas avoir une surprise. C'est Le Gall. Nous l'avons déjà rencontré à Évian, tu te rappelles ?

— Et il se souvient de toi ?

— De nous.

Stéphanopoulos arrivait, il les entraîna dans son bureau.

À peine entré, Vincent reconnut le commissaire, un peu épaissi, peut-être. De son air goguenard, il interrompit Stéphanopoulos qui faisait les présentations :

— Nous sommes de vieilles connaissances. Vous voyez, j'ai obtenu ma mutation, retour au pays. Et vous, que faites-vous à Quiberon ?

— Une cure de thalassothérapie, affirma Vincent.

— J'en étais sûr, dit Le Gall. Et avec un sourire

faussement bonhomme : au cas où vous feriez autre chose, sachez que je vous ai à l'œil. Si vous tentez quoi que ce soit pour doubler la police…

Ils se levèrent tous : Francesca faisait son entrée En un quart d'heure, elle avait fait des miracles. Sobriété d'un tailleur de soie beige mais profusion de bracelets aux deux poignets. Maquillage discret et catogan de cheveux roux. Plus diva que jamais, elle laissa le commissaire s'incliner juste ce qu'il fallait avant de le gratifier d'un sourire un peu las, admirablement dosé.

— C'est tellement aimable à vous, Commissairre, de vous être dérrangé…

Pour la circonstance, elle avait retrouvé son accent italien !

Stéphanopoulos intervint :

— Le commissaire Le Gall est très occupé et il est tout à fait exceptionnel que…

— Mais, dit le commissaire, c'est un grand honneur et un plaisir de rencontrer Madame Verani-Gobi. Votre aide nous sera précieuse puisque vous avez bien connu la victime.

— Trrès bien connu, sur le plan prrofessionnel, bien entendu.

Selon son habitude, Francesca faisait défiler ses souvenirs… Vincent jeta un coup d'œil en direction du commissaire. Le Gall avait dû décider de jouer le jeu. Patiemment, il écoutait les dates des tournées, le nom des partenaires des enregistrements. Elle se surpassa lorsqu'elle évoqua une représentation de

Nabucco*, en plein air, à Segeste – elle prononçait Séggesté – italienne jusqu'au bout des ongles…

— Ce soir-là, nous avions la Sicile à nos pieds.

De nouveau, Vincent regarda Le Gall. Dans une carrière de policier, on en voit de toutes les couleurs ; mais ce numéro-là, on n'avait pas dû le lui faire. Mi-sceptique, mi-séduit, il ne quittait pas Francesca des yeux. Pas au point, pourtant, de perdre de vue la raison de sa visite.

— Et si nous en venions à l'objet de votre déclaration, dit-il.

Francesca jouait avec ses bracelets.

— Déclaration, c'est beaucoup dire… C'est au sujet du portefeuille d'Herman Sébastian…

Vincent croisa et décroisa les jambes. Qu'est-ce qu'elle allait pouvoir inventer ?

— On l'a trouvé vide, n'est-ce pas ?

— C'est exact.

— Donc, on a voulu le voler. Je me suis dit que je pouvais peut-être vous aider à… vérifier si on n'avait rien dérobé dans sa suite. Je connaissais la plupart des objets précieux dont il aimait s'entourer, même en voyage.

— Mais la vérification a déjà été faite, dit Stéphanopoulos. À la demande de la police, la liste des objets précieux m'a été communiquée, au téléphone, par son secrétaire, immédiatement après la découverte du meurtre.

---

*Opéra de Verdi.

— Exact, dit le commissaire. Et rien ne manquait. Cartes de crédit, chéquiers, trois chronomètres de grande marque, un réveil en laque de chez Cartier...

— Et le gros saphir monté en chevalière ?

— La chevalière aussi.

Le commissaire ne cachait pas sa déception :

— Dois-je comprendre, Madame, que c'était là votre déclaration ?

Comme si elle ne l'avait pas entendu, Francesca faisait tourner les bracelets autour de son poignet gauche...

— Les violons aussi, bien entendu ?

— Les violons étaient dans la chambre, fit sèchement le commissaire.

Et il se leva pour mettre fin à l'entretien. Mais cela ne parut pas troubler Francesca.

— Je pose la question, dit-elle posément, parce qu'un stradivarius*, cela vaut cher, très cher, une fortune !

À ce moment, Vincent rencontra le regard de Jean-Luc. Le Gall s'était rassis.

— Sébastian possédait un stradivarius ?

— Il en possédait deux, dit Francesca.

Stradivarius : *Du nom de leur fabricant Stradivarius (1644-1737). Le plus célèbre des luthiers de Crémone.

XXI

Le commissaire Le Gall n'était pas commode mais il était efficace. En un peu moins de deux heures, il avait obtenu le feu vert pour faire lever les scellés afin de procéder à une nouvelle perquisition de la suite qu'avait occupée Sébastian. C'était en tout cas ce qu'on pouvait déduire des confidences que Joséphine, passée maîtresse en matière d'indiscrétion, avait faites à Margot. Toujours d'après Joséphine, l'annonce de cette nouvelle perquisition mettait le directeur dans tous ses états. Il avait supplié la police d'opérer en douceur. Joséphine tenait ses informations de la femme de ménage qui, en faisant – longuement – les vitres du bureau des secrétaires, avait entendu le directeur hausser le ton pour exiger de la police la plus grande discrétion.

— Joséphine me revient cher, avait soupiré Margot. Cette fois, je lui offert un coffret de savonnettes de luxe. Elle n'aime que les grandes marques.

— Ça commence à bouger, avait dit Jean-Luc. Il faut qu'on soit aux premières loges. On se répartit le travail.

Margot et Anne-Marie se partageaient la surveillance des salons et de la salle à manger communiquant avec l'office. Jean-Luc arpentait le côté du jardin d'où l'on pouvait voir les entrées de service. Vincent s'était installé au bar, endroit stratégique : de là, rien de ce qui se passait dans le hall ne pouvait vous échapper, avec cet avantage supplémentaire qu'on pouvait, aussi, avoir un œil sur la porte menant aux bureaux. Peu avant cinq heures, Stéphanopoulos fit une brève apparition dans le hall. Il parut contrarié en apercevant Vincent.

— Ah ! Vous êtes déjà à l'affût ! Comme votre belle amie. Ces journalistes, tous les mêmes !

Il y avait dans sa voix, une agressivité inhabituelle.

— Cela vous ennuie tellement, cette perquisition ? Dans une enquête pour meurtre, c'est banal. C'est une formalité quand on n'a rien à se reprocher…

Stéphanopoulos qui se préparait à rentrer dans son bureau tourna brusquement les talons, l'air furibond :

— Rien à se reprocher ! Qu'est-ce que vous voulez dire par là ? Un de mes clients se fait assassiner, qu'est-ce que j'y peux ? Tout s'est passé à l'extérieur et on met mon hôtel sens dessus dessous !

C'était la gaffe ! Au moment où il allait lui demander son aide pour tenter d'assister à la perquisition ! Vincent se traita mentalement de tous les noms.

— Je vous demande pardon, dit-il, j'ai été maladroit. Je voulais simplement dire que vous avez tout fait pour aider les enquêteurs et…

— Et en échange, je leur demande de faire en sorte que mes clients ne se doutent de rien. Quoi de plus normal ?

Stéphanopoulos se radoucit mais on le sentait hors de lui.

— Comprenez-moi, les clients ne s'occupaient plus de cette histoire de meurtre. Les réservations reprennent et voilà que tout recommence…

Édouard apparut, chuchota quelques mots à l'oreille du directeur.

— Excusez-moi. Ils arrivent.

Vincent, sans hésiter, lui emboîta le pas.

Le Gall était au bout du couloir, escorté par deux officiers de police. Il se fit rassurant :

— Nous sommes entrés par la porte du garage, aussi invisibles que des fantômes. Personne ne nous a vus.

Personne… Pas tout à fait… Vincent ne put réprimer un sourire. Jean-Luc venait d'apparaître, derrière le groupe des policiers qu'il dépassait d'une bonne tête. Le Gall les aperçut en même temps.

— Qu'est-ce que vous faites là, vous deux ? Et au directeur : Pourquoi les avez-vous fait entrer ?

Vincent devança les protestations de Stéphanopoulos :

— C'est vrai qu'on aimerait bien être les premiers à connaître les dessous de cette affaire. Mais, en échange, on vous propose notre aide.

Le Gall lui lança un regard torve. Cela allait être difficile de le circonvenir !

— Vous allez faire expertiser les instruments ?

— Exact, dit Le Gall.

— Les expédier, attendre le rapport de l'expert,

cela va prendre trois jours au bas mot. Je peux vous faire gagner du temps.

— Vous sauriez authentifier un stradivarius, vous, coupa Le Gall ?

— Authentifier, non. Mais le distinguer d'un instrument ordinaire, oui. Cela peut déjà déblayer le terrain.

Dans les yeux du commissaire, il y avait une lueur d'amusement, de sympathie.

— Vous êtes gonflés ! Mais attention, hein ! Pas un geste. Pas une photo. Vous regarderez quand on vous le dira. C'est moi qui mène l'opération.

— Vous voyez bien, dit Jean-Luc, rien dans les mains, rien dans les poches. On joue franc jeu.

— Je l'espère, bougonna Le Gall.

L'appartement que l'on avait réservé à Herman Sébastian occupait la plus grande partie du dernier étage. L'autre partie, d'après les renseignements que Margot tenait de Joséphine, était le domaine privé du directeur. Vincent le vit inspecter le couloir pour s'assurer qu'il était vide.

— J'ai pris des dispositions, dit-il en manœuvrant la clé, pour qu'aucun membre du personnel n'ait à faire par ici.

La clé n'ouvrait pas. Stéphanopoulos s'énervait en vain. Il allait appuyer sur le bouton de la sonnerie d'étage quand Édouard surgit avec un trousseau qu'il lui tendit.

— Je croyais qu'aucun membre du personnel… ironisa le commissaire.

Stéphanopoulos le coupa :

— Édouard, c'est mon alter ego. Il sera muet comme un tombeau. Il aime cet hôtel comme si c'était le sien.

La porte s'ouvrit. La vérification fut rondement menée. À peine le commissaire avait-il enfilé des gants et extirpé les violons de leurs étuis que l'opinion de Vincent était faite : l'aspect terne du "fond" et surtout de la "table" révélait des instruments de facture récente. Rien à voir avec l'éclat de l'épicéa d'Italie et de l'érable des Balkans, seuls bois utilisés dans l'atelier du maître de Crémone. Visiblement décontenancé, Le Gall interrogea Vincent du regard.

— Regardez si vous voyez un nom gravé sur les éclisses, dit Vincent. Chaque stradivarius porte le nom de son premier propriétaire.

Le Gall retourna les instruments l'un après l'autre. Il les maniait avec autant de prudence que s'il se fût agi d'explosifs. Puis il ôta ses gants, les tendit à Vincent.

— Voyez vous-même.

Vincent n'attendait que cela. Il examina rapidement les deux violons, les retourna, et, d'un tapotement des doigts, en vérifia la résonance.

— Rien à voir avec des stradivarius.

— Des copies, demanda Le Gall ?

— Même pas. Celui-ci est un instrument médiocre, récent. Cela se voit au premier coup d'œil. Quant à l'autre – il se mit à rire – on ne s'est vraiment pas mis en frais pour donner le change… un ersatz de bois, du graphite peut-être. Cela ressemble à ce que l'on fabrique à la chaîne à Hong Kong et en Chine.

Le Gall restait silencieux. Vincent surprit le regard de Jean-Luc posé sur Stéphanopoulos qui s'épongeait le front où perlaient des gouttes de sueur. C'est vrai qu'il faisait une chaleur étouffante dans cet appartement calfeutré derrière les doubles-rideaux, où toutes les lampes étaient allumées.

— Madame Verani-Gobi, dit enfin le commissaire, connaissait sûrement les instruments que Sébastian utilisait. J'aimerais avoir son avis.

Stéphanopoulos saisit le téléphone. Francesca était dans sa chambre. Elle arriva immédiatement, à peine surprise par ce que l'on attendait d'elle.

— Nous savons, par son secrétaire, dit Le Gall, que Sébastian devait donner, dans quelques jours, un concert à Paris. D'après le secrétaire, c'était sans doute son dernier concert. Croyez-vous, Madame, que ces violons…

Francesca avait à peine regardé. Elle fit jouer une ou deux cordes et tapota sur les bois. Elle reposa les violons, l'un près de l'autre, sans prendre la peine de les remettre dans les étuis et haussa les épaules dans un mouvement dédaigneux.

— Jamais Herman Sébastian n'aurait accepté de jouer sur de pareilles caisses à savon !

XXII

« Le mobile du crime, se répéta Vincent, maintenant, nous avons le mobile ! »

Il fit couler la douche, sauta de côté, surpris par le jet d'eau glacée, tourna le robinet. Cette fois, c'était la bonne température. Et se savonna d'autant plus abondamment qu'il avait la tête ailleurs. Il consulta son chronomètre. Absurde, cette habitude de garder sa montre pour se doucher. Margot s'était longtemps gaussée de cette manie. Dix-neuf heures presque cinquante. Il allait être en retard ! Programme de la soirée : dîner avec Stéphanopoulos qui les invitait tous les quatre avec Francesca.

Le téléphone sonna. Il allait vraiment être en retard. C'était Jean-Luc.

— Oui, je suis prêt. Enfin, je serai prêt dans cinq minutes. Dans votre chambre avant de descendre à la salle à manger ? Si tu veux. Faire le point ? Ah oui, ça s'impose !

Dix minutes plus tard, il toquait à la porte de la chambre de Jean-Luc qui se battait avec son nœud de cravate.

— On a tout le temps, dit Jean-Luc, Stéphanopoulos vient de nous faire prévenir. Il nous demande de l'excuser. Il a eu un imprévu, il aura un peu de retard.

Anne-Marie et Margot avaient squatté le lit, la couette tirée jusqu'au menton.

— Qu'est-ce que vous faites là, les filles ?

— On se tient chaud, dit Anne-Marie. On est en minijupe et petite robe et le chauffage marche au ralenti. J'ai téléphoné pour savoir ce qui se passait.

Mais c'était le vol des stradivarius qui les occupait tous.

— J'ai accompagné Le Gall jusqu'à sa voiture, dit Jean-Luc, et il m'a demandé de ne pas ébruiter l'affaire avant qu'il ait reçu le rapport d'expertise.

— Et tu as promis, demanda Margot ?

— Oui.

— Et il t'a cru ?

— Non.

— Il a eu raison !

Vincent suivait son idée :

— Cela commence à devenir cohérent. On a maintenant le vrai mobile des crimes. Francesca croit qu'elle a tué pour se venger de Sébastian. Et quelqu'un d'autre a tué pour voler les stradivarius.

— Autre point important, dit Jean-Luc, c'est que, contrairement à ce que l'on croyait, tout ne s'est pas passé sur la Côte sauvage. Le vol a bel et bien été commis dans l'hôtel.

— Ce qui signifie que, même si, comme on peut le penser, les stradivarius ne sont plus ici, l'hôtel tout entier va être, discrètement, passé au peigne fin.

— Francesca ! s'exclama Margot. Si on fouille les chambres, si on trouve le revolver… Il faut la prévenir !

Comme toujours, Anne-Marie fit entendre la voix du bon sens :

— Mais est-ce que vous vous rendez compte que vous raisonnez tous comme si votre Francesca était innocente. Et si elle était complice ?

— Elle est complice, dit Vincent, mais pas de ce qu'elle croit. D'ailleurs, il y a un moment que ce revolver m'intrigue. Comment, une femme comme elle, est-elle en possession d'un revolver ? Vous la voyez entrant chez un armurier et demandant ce qu'il y a de plus pratique pour tuer un homme ? Margot, puisque le dîner va avoir du retard, tu devrais l'appeler, lui demander de nous rejoindre.

— Tu vas lui gâcher sa soirée !

— J'espère que non.

Francesca arriva sans se faire prier. Élégante, détendue, souriante, elle semblait se soucier comme d'une guigne du vol des stradivarius.

— De toute manière, Sébastian avait la maladie de Parkinson, il pouvait à peine diriger et presque plus se servir d'un violon. Son concert, celui qu'il devait donner à Paris, c'était un coup de bluff. La veille, il se serait décommandé, comme d'habitude, sous prétexte d'une indisposition subite. Il y avait des mois qu'il faisait cela pour donner le change. Alors qu'on ait volé ses violons, après coup…

Jean-Luc leva les yeux.

— Après coup, comment le savez-vous ?

— Je ne le sais pas, j'imagine. Sébastian tenait à ses stradivarius comme à la prunelle de ses yeux. Je crois même que c'est ce à quoi il tenait le plus au monde. Si on les lui avait volés alors qu'il était encore vivant, cela aurait fait du bruit.

Vincent intervint :

— En tout cas, la disparition des violons va déclencher des fouilles. Et ce revolver que vous gardez dans votre chambre…

Il était clair que Francesca n'avait pas l'intention de parler de revolver. Elle haussa les épaules d'un geste qui lui était familier et avisa Margot et Anne-Marie, toujours pelotonnées sous leur couette.

— Ah, c'est votre chambre à toutes les deux ?

— Comment cela, toutes les deux, dit Jean-Luc déjà sur ses gardes ?

— Mais toutes les deux, enfin… C'est courant, paraît-il.

Vincent vit Jean-Luc, dont la pruderie était connue, rougir de fureur.

— Mais jamais de la vie ! Qu'est-ce que vous allez imaginer ! C'est notre chambre à ma femme et à moi. C'était à cause du chauffage…

Les deux filles pleuraient de rire. Francesca souriait d'un air angélique. On la sentait, ce soir, capable de tout comprendre, animée d'une gentillesse universelle.

— Il n'y aurait aucun mal, vous savez. En amour, il faut être libre, c'est normal et même je dirais que c'est moral. Quand on s'entend bien, cela peut être très beau.

— Vous avez déjà essayé ? dit Jean-Luc à peine calmé.

— Non, jamais. Et soudain sérieuse : moi, je suis très classique, vieux jeu, indécrottable. Et, en plus, jalouse ! En amour, je ne supporte que l'exclusivité.

Vincent la regarda. C'était un de ces moments où elle oubliait de jouer un rôle, où elle se livrait avec une sincérité désarmante. Avait-elle aimé Sébastian ? Si tel était le cas, elle avait dû beaucoup souffrir et il comprenait mieux ce qu'elle avait tenté de commettre…

Le téléphone sonna. Le directeur faisait dire qu'il les attendait à la salle à manger dans quelques minutes. Mais Vincent n'entendait pas lâcher prise sur le sujet qui le taraudait :

— Descendez en avance, dit-il et laissez-nous un instant. Vous voulez bien, Francesca ? Pour l'amour de la musique !

C'était risqué. Elle esquissa un geste pour sortir, elle aussi, mais Vincent avait refermé la porte, barrant le passage. Elle se rassit, fâchée, mais pas trop…

— Nous finirons par nous brouiller, dit-elle.

— Ce revolver, comment vous l'êtes-vous procuré ? Vous l'avez acheté ?

— Oui.

— Ce n'est pas vrai, dit Vincent. Je sais que ce n'est pas vrai.

— On me l'a prêté.

Vincent sursauta :

— Qui, “on” ?

— Je ne le sais pas moi-même. Un admirateur, un admirateur anonyme. Je ne l’ai jamais vu, il n’a jamais voulu me donner son nom. Quelqu’un de très bien, cultivé, qui aimait beaucoup ce que je faisais, qui m’a parlé de ma carrière avec tellement de sensibilité…

— Comment vous a-t-il contactée ?

— Par téléphone.

— Ici ?

— Non, chez moi, à Paris. Il m’a appelée, un matin, pour me dire combien il regrettait que j’aie disparu de la scène. Il avait appris, je ne sais pas comment, que j’allais faire partie des invités à la présentation de haute couture.

Vincent grillait d’impatience :

— Le revolver ? Comment… ?

— Il m’avait entendue, par hasard, dans une interview, à je ne sais plus quelle radio, dire que je haïssais Sébastian à mort…

Ainsi, elle avait même annoncé la préméditation à la radio ! C’était le bouquet !

— Il m’a dit qu’il me comprenait, qu’il savait qu’Herman Sébastian allait passer quelques jours au “Santez Anna”, que c’était une occasion unique, qu’il était prêt à m’aider à me venger…

— Le revolver, quand vous l’a-t-il donné ?

— Il ne me l’a pas vraiment donné. On a déposé un paquet à mon nom à la réception…

— C'était le revolver ?

— Oui

— Et il était chargé ?

Le téléphone sonna. Vincent décrocha.

— On arrive ! et il raccrocha.

— Le revolver, il était chargé ?

— Bien sûr mais…

— Et vous n'avez pas songé que c'était dangereux, que le coup pouvait partir tout seul !

— Il m'avait conseillé de le ranger sous une pile de vêtements, dans le placard de ma salle de bains.

— Conseillé ! Il vous a téléphoné ici ?

— Oui, mais…

— Comment pouvait-il savoir qu'il y avait un placard dans la salle de bains ?

— Toutes les salles de bains d'hôtel sont sur le même modèle, fit-elle exaspérée.

Un coup discret à la porte.

— Entrez !

Un des Jerôme-Lucien montra une mine embarrassée…

— Monsieur le Directeur m'envoie vous dire que…

— Nous descendons, coupa Vincent.

Il referma la porte. Un coup de pied. Sec, le coup de pied.

— Ce revolver, vous saviez vous en servir ?

— Il m'a expliqué…

— Toujours par téléphone ?

— Oui.

— Vous rendez-vous compte de la situation dans

laquelle vous vous êtes mise ? Cette arme, couverte de vos empreintes, quand on va la trouver chez vous…

— Justement, on ne la trouvera pas. Il m'a téléphoné hier soir. Je dois la lui rendre, la déposer quelque part.

On s'arrête de respirer… Du calme ! Surtout, ne pas la brusquer… On attend la suite.

— Quand ? Où ?

— Je ne peux pas vous le dire. J'ai promis.

Elle détourna les yeux comme si elle ne supportait plus ce regard qui la vrillait.

— De toute manière, je ne le sais pas encore. Il rappellera dans deux jours pour me dire où et quand.

Elle mentait. Vincent sentit la colère monter.

— Francesca ! Faites pas ch…

Il s'interrompit, juste à temps. Elle le considérait avec gravité.

— C'est bien que vous vous soyez arrêté. La grossièreté, ce n'est pas votre genre

On frappa à la porte, vigoureusement. Cette fois, on leur avait envoyé Édouard. Le maître d'hôtel maintenait la porte ouverte.

— Je vous ai appelé l'ascenseur.

Respectueusement mais fermement…

— Nous descendons, éructa Vincent.

XXIII

Six heures du matin. Vincent éteignit la lampe de chevet, tourna et se retourna dans son lit, se cala la tête sur l'oreiller. Inutile. Il savait qu'il ne se rendormirait pas. La veille au soir, le dîner s'était prolongé et il avait dû attendre d'être enfin seul avec Jean-Luc et les deux filles pour les mettre au courant, en quelques instants car tout le monde bâillait, de ce qu'il avait réussi à soutirer à Francesca.

Ils étaient tous du même avis. Quelqu'un manipulait Francesca ; avec efficacité, jusqu'à présent. Quelqu'un qui avait accès à l'hôtel, qui y habitait peut-être. Mentalement, Vincent récapitula tout ce qui était de nature à étayer cette hypothèse : "l'admirateur anonyme" avait appris, presque en même temps que Francesca, qu'elle serait invitée au "Santez Anna", qu'Herman Sébastian y descendrait aussi et cela, malgré les consignes données au personnel de respecter l'incognito du maestro. Le revolver, dont on avait manié le cran d'arrêt, à la "livraison", c'était probable, après le pseudo-meurtre, cela, c'était certain. Or, Francesca avait rapporté le revolver dans sa chambre. Donc, à son insu, on avait accès à sa chambre. Le vol des violons qui ne pouvait avoir eu lieu que dans l'appartement de Sébastian. Et le conseil révélateur de ranger l'arme “sous une pile de vêtements, dans le placard”. L'homme sait comment les salles de bains sont agencées… Un familier du “Santez Anna”… Cela nous mène où tout ça ? La réponse était évidente : au personnel.

« Mais quelque chose ne colle pas. Elle dit que l'homme est cultivé, qu'il connaît la personnalité de Sébastian, sa propre carrière. Sur la fin de la conversation… de l'interrogatoire plutôt – c'est vrai que je l'ai un peu bousculée… »

Sur la fin, elle avait menti. Vincent l'avait perçu, mais il avait senti aussi qu'elle ne dirait rien, qu'elle préserverait l'anonymat de “l'admirateur”. Elle avait promis… Peut-être savait-elle déjà l'endroit et l'heure où elle se débarrasserait du revolver. C'était à cet endroit que l'homme viendrait reprendre son bien. Si on pouvait le guetter… le surprendre…

« Donc, dans l'immédiat, la tactique consiste à ne jamais perdre Francesca de vue ou, tout au moins, à savoir toujours où elle se trouve, à la suivre à la piste, sans qu'elle s'en rende compte. C'est elle qui va nous mener au véritable assassin. »

Brusquement, Vincent fit un bond dans son lit.

« Le revolver ! Bon Dieu ! » Dans le feu roulant des questions, la veille au soir, il n'avait pas pensé à la précaution essentielle : nettoyer soigneusement, avant de le rendre, le revolver, la crosse surtout qu'elle avait maniée à plusieurs reprises.

« Elle est capable de le déposer tel quel, couvert

de ses empreintes… Et c'est cela qu'il veut, "l'admirateur anonyme"… »

Il fallait appeler Francesca, d'urgence ! Il ralluma : à peine sept heures. Quand même un peu tôt pour la réveiller. Les pensées en ébullition, il commanda son petit-déjeuner. Une heure plus tard, un plan était mis sur pied : surveiller Francesca, sans qu'elle s'en rende compte, ce qui n'était pas si simple. Dès le début de la matinée, on avait établi un "tour de garde". D'abord, elle se promènerait sur la grande plage en compagnie d'Anne-Marie et, ensuite, un peu de lèche-vitrines, dans les boutiques de vêtements. Margot connaissait ses habitudes. « Elle adore cela. »

Dans l'après-midi, pendant que Jean-Luc et Anne-Marie s'offriraient une excursion à Carnac et à la Trinité-sur-Mer, Margot emmènerait Francesca visiter la belle-iloise.

— Qu'est-ce que c'est la belle-iloise ?

— Une fabrique de conserves de produits marins, des conserves de luxe.

— Une fabrique de conserves… Francesca !

— C'est elle qui avait eu cette idée, avant votre arrivée. Une visite historique, paraît-il, les vieux métiers de la pêche, les chansons des sardiniers… Et à la fin, dégustation. Cela lui plaira, elle aime la bonne chère.

— Ensuite, avait dit Vincent, je prendrai le relais. Mais, à la façon dont elle a réagi hier soir, je ne crois pas qu'il se passe quoi que ce soit aujourd'hui.

Pour l'heure, on l'attendait chez Pierrot, pour un déjeuner sur le pouce.

— Un bar à crêpes, cela vous changera de la clientèle guindée du “Santez Anna”, lui avait dit Jean-Luc.

Elle ne s'était pas fait prier. Elle fit son entrée ponctuellement, à treize heures, souriante, nullement effarouchée par le décor tristounet des tables en faux bois et en vrai formica. Pierrot vint prendre la commande et Francesca lui sourit gentiment.

— Alors, cette course, comment cela s'est-il passé ?

— Elle a été annulée, à cause du mauvais temps.

— Pierrot est un as du vélo, il fait de la compétition cycliste, dit Francesca.

L'intéressé hocha la tête :

— Oh, seulement sur le plan local.

— Pierrot est trop modeste, poursuivit Francesca. On m'a dit qu'il gagnait toutes les courses. D'ailleurs, regardez ces coupes et ces photos sur les murs.

Margot se montrait étonnée :

— Vous vous connaissez ?

— Bien sûr, répondit Francesca. Pierrot est un couche-tard, comme moi. Quand je m'attarde au salon de musique, je le vois prendre un dernier verre au bar.

Pierrot frottait la table avec un chiffon douteux, puis il déplia une nappe en papier.

— C'est vrai, dit-il. À cette saison, Quiberon by night, ce n'est pas folichon. Alors, le dernier client parti, après la fermeture, je vais parfois finir la soirée au “Santez Anna”. Il y a des lumières, du monde, de la vie quoi… Qu'est-ce que je vous sers ? Des vraies pizzas, comme à Nice, ça vous dirait ?

Ça leur disait.

À peine Pierrot eut-il disparu vers la cuisine que Francesca chuchota :

— En fait, il vient tous les soirs, et pas pour prendre un verre…

— Pour quoi faire ?

— Pour jouer au poker. Quand les secrétaires sont parties, on joue dans leur bureau gros jeu, paraît-il et cela dure tard dans la nuit.

— Qui vous a raconté tout cela ?

— Qui, croyez-vous ? fit Francesca avec un clin d'œil. Mais l'indispensable Joséphine ! C'est la gazette des potins. Elle sait tout.

Margot opina :

— Vrai.

— Et avec qui joue-t-il ? demanda Jean-Luc.

— Cela dépend des soirs, mais il y a toujours le directeur.

— Cela ne m'étonne pas, s'exclama Vincent, ce Stéphano…

Francesca pouffa de rire.

— Ah, vous l'appelez Stéphano, c'est amusant ! Moi, je l'appelle Poulos, je trouve que ça lui va bien !

Elle riait aux éclats. Et, tout d'un coup, elle eut vingt ans.

Vincent la regarda. Ces paillettes de malice dans les yeux, ce rire ravageur, grand ouvert sur les dents éclatantes, prêtes à croquer la vie. Elle devait être comme cela, la gamine des bas-fonds de Toulouse. La beauté du diable. Le talent du diable !

— Poulos ! Ce que c'est drôle, s'exclama Anne-Marie. N'empêche, quel bel homme !

— Un peu rastaquouère… dit Vincent. Vous avez vu hier soir, ce blazer coquille d'œuf, pour dîner en Bretagne, au mois d'octobre !

— Tu dis cela parce qu'il fait du gringue à Margot…

— Ah, fit Francesca, parce que Vincent et Margot…

— C'est de l'histoire ancienne ! coupa Margot avec un regard-poignard.

Toujours aussi garce…

La gaîté de Francesca était communicative. Autour d'eux, on lorgnait avec sympathie ces Parisiens qui bravaient le mauvais temps en bavardant avec entrain. Les pizzas arrivèrent, avec un plat de scampi fritti.

— Est-ce qu'on peut avoir du citron ? demanda Francesca. Et se parodiant elle-même : Jérrôme, du citrron, s'il vous plaît !

Elle riait à gorge déployée, à cent lieues des drames de la Côte sauvage. Elle riait de tout, y compris d'elle-même. Vincent rencontra le regard de Jean-Luc. « Tu as raison, disaient les yeux de Jean-Luc, aujourd'hui, elle se tiendra tranquille. »

XXIV

Cela arriva peu après quinze heures, alors que Vincent s'accordait une petite sieste, dans sa chambre. Le portable qui sonne. C'était Margot.

— Francesca a disparu !

— Quoi ?

— Elle vient de me filer entre les doigts. On venait à peine de commencer la visite, elle a demandé à l'hôtesse où étaient les toilettes, je ne me suis pas méfiée…

— Fonce aux toilettes !

— J'en viens. Plus personne. Le concierge l'a vue partir en voiture et…

— Il y a combien de temps ?

— Huit, dix minutes…

— Qu'est-ce que c'est comme voiture ?

— Une Clio de location, jaune. Qu'est-ce que je fais ?

— Rien, tu restes où tu es.

— Je veux venir avec toi.

— Pas question. Danger !

— Qu'est-ce que cela peut te faire que je sois en danger, puisque…

Vincent avait coupé.

Le pyjama qui voltige à travers la chambre. Col roulé, pantalon, un coup d'œil à l'extérieur : la pluie fouettait les fenêtres. Ciré. Ascenseur attrapé au vol et à la réception :

— Madame Verani-Gobi est rentrée ?

— Rentrée et ressortie. Elle était là, il n'y a pas cinq minutes, elle voulait faire au plus court pour rejoindre la route d'Auray, elle a pris un plan…

Vincent n'écoutait plus. Par chance, sa voiture était devant la porte. Démarrage en trombe. Essuie-glace au maximum. Rue du Port de pêche, puis avenue du Général de Gaulle. Il la rattrapa juste après avoir dépassé la gare. Elle conduisait lentement, comme quelqu'un qui hésite sur l'itinéraire.

— La route d'Auray. Est-ce qu'elle va vraiment à Auray ?

Elle n'y allait pas. Elle vira sec sur la gauche, une première fois, une deuxième fois, comme pour refaire le trajet en sens inverse. Puis, une série de virages à droite. Vincent essayait de se repérer. Quiberon ? Saint-Pierre Quiberon ? On était dans un quartier qui ne devait vivre qu'à la belle saison : rues vides, villas aux volet clos. L'une d'elles portait un écriteau « À vendre ». L'écriteau ne tenait plus que d'un côté et battait au vent, rageusement, sur la façade. Près du portail rouillé, une bicyclette abandonnée contre un mur et, en face, une voiture mal garée, seules traces de présence humaine dans ce désert. Un endroit à la Hitchcock… La Clio roulait si lentement qu'il était de plus en plus difficile de la suivre sans se faire remarquer. Vincent s'arrêta, coupa le moteur et continua à pied. La Clio s'engagea dans un chemin de terre. Une cinquantaine de mètres, et elle stoppa à son tour.

— La Côte sauvage… Je m'en doutais. Les assassins reviennent toujours sur le lieu du crime.

Personne à l'horizon. Sous les coups de boutoir du vent, la pluie tombait presque à l'horizontale.

Francesca sortit. Vincent la vit peiner à fermer la portière. le dos tourné à la mer pour résister aux rafales. Puis, la tête rentrée dans les épaules, presque courbée en deux, elle s'engagea sur le sentier côtier. À bonne distance, Vincent suivait. Elle disparaissait parfois derrière la masse d'un rocher puis reparaissait à un détour du sentier. Vincent s'apprêtait à presser le pas pour réduire la distance. Brusquement, il s'arrêta net : quelqu'un venait de surgir d'un des mamelons de la dune. Ciré jaune, bottes, bonnet de pêcheur. Un homme ? Oui, pas très grand. Une femme n'aurait pas eu cette vigueur pour marcher face au vent. L'homme se mit à suivre Francesca, calquant son allure sur la sienne, s'arrêtant lorsqu'elle s'arrêtait. Se croyant seule, elle allait, tête baissée, tout occupée à affronter le vent. Vincent se retourna, vérifia que personne ne marchait derrière lui. Il n'avait pas prévu qu'un intrus se glisserait entre Francesca et lui. Étrange, cette filature à double niveau, inquiétante aussi. Il suffisait d'un rien, que l'homme se retourne, pour qu'il s'aperçoive qu'il était lui-même suivi, et alors…

Francesca s'arrêta. L'homme aussi. Vincent la vit se courber un peu plus vers ce qui semblait être un panneau planté sur le bord de la dune. Elle porta la main à sa poche, en sortit un objet. Le revolver ? Sans doute.

Alors, tout se passa très vite. Des images en accéléré. L'homme bondit. Francesca se retourna. L'homme l'avait saisie par le bras et l'entraînait vers le bord de la falaise. Vincent fonça. Il courait de toutes ses forces mais, en un instant, ils avaient disparu vers les rochers, vers la mer en furie. Il arriva, les vit en contrebas. L'homme leva la tête, lâcha Francesca, sauta à travers les rochers jusqu'au sentier et s'enfuit en courant. Francesca gisait deux mètres plus bas, dans un tourbillon d'écume.

— Tenez bon, hurla-t-il.

Le bruit des vagues couvrit sa voix.

Il entreprit de descendre. Il glissait sur la roche, balayée par la pluie et les embruns. En bas, des montagnes liquides se succédaient en assauts terrifiants. Il la vit bouger, tenter de se relever et ce mouvement la rapprocha du précipice marin…

« Elle va tomber. On va y rester tous les deux ! »

Vincent réussit à s'accroupir sur un plat de rocher, dégrafa son ciré, le saisit par une manche, lui tendit l'autre. La seconde d'après, le vent lui plaquait le ciré sur le visage, l'aveuglait. Il se dégagea, lâcha tout, s'agrippa d'une main sur une arête et parvint à l'empoigner. À plusieurs reprises, giflés, noyés dans les bourrasques d'écume, ils faillirent déraper tous les deux. Quelques secondes d'accalmie entre deux vagues… Il réussit à lui saisir un bras, puis l'autre, à la tirer sur les genoux, à la hisser jusqu'à la dune.

— Vous pouvez tenir debout ?

— Je ne sais pas.

Un paquet sur le sol. Vincent le ramassa.

— Le revolver ?

— Oui.

Elle pouvait à peine parler tant elle tremblait. Il crut qu'il ne parviendrait jamais à la faire marcher. Quand ils arrivèrent à la voiture, il s'aperçut qu'elle avait les deux mains en sang. Demander du secours ? Le long du mur où il avait vu une bicyclette, plus rien. Plus de voiture, non plus. Il tambourina à la porte la plus proche. En vain, il n'y avait âme qui vive. Il rentra dans la voiture et démarra. À ses côtés, Francesca claquait des dents, de froid, de peur.

— Le vétérinaire, c'est comme cela que… ?

— Oui, répondit Vincent, c'est comme cela qu'on l'a tué.

XXV

Dans les situations les plus difficiles, il survient parfois des hasards miraculeux. Des hasards… Ou bien s'agit-il d'intuitions ? D'un enchaînement de réflexions qui se font à votre insu, dans cette zone entre chien et loup qu'on appelle le subconscient ? Plus tard, Vincent se poserait la question sans pouvoir y répondre.

Leur retour à l'hôtel avait fait sensation. Trempés, transis, ils n'avaient pas fait trois pas qu'ils tombaient sur Édouard qui, à leur vue, leva les bras au ciel.

— Que vous est-il arrivé ?

Le maître d'hôtel avait perdu son flegme habituel et son visage exprimait une totale stupéfaction.

À peine le temps d'inventer une irrésistible envie d'admirer le spectacle de la tempête, la promenade imprudente, la chute qui tourne mal… que Séphanopoulos, alerté par la réceptionniste, surgissait à son tour.

— Mais que faudrait-il dire aux touristes pour qu'ils soient raisonnables ! La Côte sauvage ! Par ce temps ! C'est de la folie pure !

Sur un signe d'Édouard, une femme de chambre

était allée chercher deux couvertures qu'on leur jeta sur les épaules tandis que Stéphanopoulos prenait lui-même le téléphone pour appeler un médecin.

— Pour Madame Verani-Gobi seulement, dit Vincent. Moi je n'ai besoin que d'un bain chaud.

Il haletait dans un bain brûlant, lorsque Margot appela. Depuis deux heures, elle était sur des charbons ardents, elle voulait savoir…

— Impossible de te raconter cela au téléphone. Tu es dans ta chambre ?

— Non. Chez Pierrot. Comme je n'arrivais pas à te joindre, j'ai appelé Jean-Luc. Ils rentrent. Nous avons rendez-vous ici. Tu nous rejoins ?

— Je m'habille et j'arrive.

L'idée de ressortir sous la pluie battante était peu engageante. Pourquoi avait-il accepté ?

Quand il arriva chez Pierrot, Jean-Luc et Anne-Marie n'étaient pas encore là. Il trouva Margot seule devant une tasse de thé et frissonnante. C'est vrai que l'on chauffe peu et mal en Bretagne, Vincent savait cela.

— Tu vas me raconter…

— Oui, mais… Il fut interrompu par une série d'éternuements. Je commande d'abord. Un grog, lança-t-il !

Pierrot arriva, tout sourire, comme d'habitude.

— Vous, vous avez besoin de vous réchauffer !

— C'est vrai. J'ai eu le tort de marcher sous la pluie. Je crois que j'ai pris un rhume.

— Par ce temps, dit Pierrot, ce qu'on peut faire de

mieux, c'est de rester au chaud en regardant la télé. Moi, c'est ce que j'ai fait. Pendant mes deux heures de fermeture, je n'ai pas bougé de ma chambre. Je vous prépare un grog bien tassé.

Il tourna les talons et, machinalement, Vincent jeta les yeux sur le pantalon de Pierrot, un pantalon détrempé. Nouvelle série d'éternuements.

— Je crois que j'ai pris la crève, dit-il à Margot. Excuse-moi, il faut que je passe aux toilettes, ça doit être le froid…

On accédait aux toilettes par un couloir qui desservait aussi la cuisine. C'était étroit, encombré de chaises empilées et d'un portemanteau. Vincent pesta quand il dut, à l'aller et au retour, se faufiler entre la paroi et un ciré ruisselant.

— Est-ce qu'aujourd'hui, j'arriverai à garder des vêtements secs ?

Sous le ciré, des bottes, maculées de sable et de terre.

Par quel cheminement les souvenirs s'impriment-ils en vous ? Pourquoi certains et pas d'autres ? Une image lui revint, celle d'une bicyclette appuyée contre un mur. Au fond du couloir, il y avait une porte en bois, mal fermée. Sous le coup d'une impulsion subite, Vincent l'ouvrit. La porte donnait sur une courette. Dans la courette, appuyé sur le mur du fond, un vélo. Vincent revit la silhouette agile, fuyant à travers les rochers : un ciré jaune, des bottes brunes… autant dire l'uniforme à Quiberon. L'homme avait un bonnet de marin, un bonnet de laine, rayé bleu et blanc…

Tout le monde en porte, ici… Vincent revenu dans le couloir attrapa le ciré, fouilla une poche, en sortit un bonnet de laine rayé, tout mouillé. De l'autre poche il extirpa une bande de tricot informe, percée de deux trous. Il remit le tout en place et regagna la salle.

Jean-Luc et Anne-Marie venaient d'arriver, ravis, malgré le mauvais temps, de leur balade à La Trinité. Vincent planta les yeux dans ceux de Jean-Luc pendant qu'on lui servait son grog. Pas besoin de parler. Jean-Luc avait compris que quelque chose d'important était arrivé. Vincent balayait la salle du café d'un regard inquisiteur qui se fixa sur une des photos punaisées sur le mur d'en face.

— Appelle Pierrot, chuchota Vincent, occupe-le, demande-lui n'importe quoi.

Dans ces cas-là, Jean-Luc, était opérationnel dans l'instant. Vincent se leva comme pour retourner aux toilettes, contourna une ou deux tables et, si naturellement que personne, parmi les rares clients, ne le remarqua, détacha la photo. Pierrot lui tournait le dos, occupé à plaisanter avec Jean-Luc. Il n'avait rien vu.

XXVI

Dans la chambre de Jean-Luc transformée en quartier général, Vincent achevait le récit des événements de l'après-midi.

— Le visage de l'homme, tu n'as vraiment pas pu le voir, demanda Anne-Marie ?

— Même pas le deviner. Il avait un bonnet enfoncé et une espèce de passe-montagne. Et je n'ai fait que l'apercevoir, une seconde ou deux, quand il a levé la tête avant de s'enfuir.

— Et ce qui t'a fait soupçonner Pierrot, c'est…

— Qu'il a menti. Contrairement à ce qu'il dit, il n'est pas resté chez lui. Et ses vêtements, exactement les mêmes que ceux de l'agresseur ! Passe encore pour le ciré, les bottes, le bonnet, tout le monde en porte mais le pantalon trempé qu'il n'a pas eu le temps de changer avant de rouvrir sa boutique, et cette espèce de passe-montagne qui lui a servi de cagoule, avec les deux trous, pour les yeux… Même sous une pluie battante, vous dissimulez votre visage pour sortir, vous ?

— J'avoue que c'est troublant, dit Jean-Luc. En plus, ce vélo que tu as vu en garant ta voiture et qui avait disparu, quand tu l'as reprise… Et ce Pierrot qui est un as du vélo…

Il se tourna vers Margot.

— Mais toi qui avais essayé de suivre Sébastian le jour où il a été tué, tu nous a bien dit que tu avais vu un homme qui courait sur la dune ?

— Vincent m'a déjà posé la question. Un homme, oui, je crois, pas très grand, plutôt fluet. On m'a dit, après coup, que c'était peut-être un gamin du village qui fait des rodéos sur la dune.

— Il portait un ciré ?

— Oui, un ciré jaune, comme tout le monde.

— Un bonnet ?

— Je ne me rappelle plus.

— Et Francesca, dit Anne-Marie, est-ce qu'elle l'a vu, elle aussi ?

— Elle sera là dans un instant, dit Jean-Luc. Je lui ai demandé de descendre : on a quand même quelques précisions à lui demander.

À l'opéra, on aurait jugé son entrée très réussie. De toute évidence, Francesca était encore éprouvée mais elle surmontait le choc. Les cheveux dénoués, les yeux largement cernés, aussi blanche que sa longue robe d'intérieur, elle se tenait droite, portant avec une simplicité dramatique ses deux mains entourées de bandages.

— Cela n'a pas été trop pénible ? demanda Jean-Luc, en l'installant dans un fauteuil.

— Les points de suture ? Non, pas très ; une demi-douzaine aux mains et autant aux genoux. Mais à côté de ce qui aurait pu m'arriver…

Elle frissonna. Il fallait détendre l'atmosphère.

— Vous savez, lui dit Vincent en riant, on vous enlève vos bandages, et, avec le sang sur vos mains, vous êtes prête pour chanter Lucia de Lamermoor* dans la scène de la folie. Allez, maintenant, racontez-nous tout. Quand votre admirateur – nous allons continuer à l'appeler comme cela, pour le moment – quand vous a-t-il appelée ?

— Tôt ce matin…

Elle parlait d'une voix assourdie par la fatigue mais qui devenait plus nette au fur et à mesure qu'elle s'animait, précisant les détails importants. L'homme avait donné des instructions détaillées, l'itinéraire, rue après rue, l'endroit où elle devait laisser sa voiture, celui où elle devait déposer le revolver, sous un panneau du Conservatoire du littoral. Il lui avait recommandé de venir seule, il avait beaucoup insisté sur ce point.

— Et pour cause, dit Jean-Luc, puisqu'il s'apprêtait à vous supprimer ! Vous pourriez reconnaître sa voix ?

— Non. Il déguisait toujours sa voix. Je l'avais remarqué.

— Et cela ne vous a pas mise sur vos gardes ? Vous avez été téléguidée, depuis le début. Cet homme s'est servi de vous parce qu'il était de notoriété publique que vous en vouliez à Sébastian. Ce qu'il voulait, c'était vos empreintes sur le revolver et ensuite vous éliminer. Il vous a "traitée" comme les "officiers

---

*Opéra de Donizetti.

traitants" manipulent leurs agents dans les services secrets : en restant constamment dans l'ombre.

Elle baissa la tête sans répondre, sans doute honteuse de la crédulité dont elle avait fait preuve. Il importait de régler d'urgence la question du revolver.

— Vous l'avez toujours ?

— Oui. Vincent me l'a remis pendant le trajet.

— Il faut vous en débarrasser le plus vite possible, dit Jean-Luc. Vous l'avez bien soigneusement nettoyé, comme on vous l'a dit ? Vous avez bien effacé toute trace de vos empreintes, vous en êtes sûre ?

— Oui.

— Bien. Dès demain matin, allez le jeter dans la mer ou dans une bouche d'égout. Et prenez garde que personne ne vous voie.

— Vous ne voulez pas le jeter vous-même ?

— Ah non ! s'étaient récriés Vincent et Jean-Luc d'une seule voix. Vous ne trouvez pas, poursuivit Jean-Luc, que nous en faisons déjà beaucoup, beaucoup trop ? Si nous n'étions pas des journalistes un peu… téméraires, il y a longtemps que nous serions allés tout raconter à la police !

Francesca les regarda droit dans les yeux.

— Excusez-moi. Mais pourquoi faites-vous tout cela ?

— Nous avons décidé de vous sauver malgré vous, dit Margot.

Elle fit la moue.

— Me sauver…

— Parce qu'on vous aime bien.

Cela ne suffisait pas.

— Parce qu'on vous adore, dit Vincent.

Elle se détendit, rassurée.

Jean-Luc et Anne-Marie devaient passer la soirée chez de vagues cousins qui avaient depuis peu élu domicile à Carnac. Vincent dîna en tête à tête avec Margot. La chère était succulente, comme à l'accoutumée. Ils terminaient silencieusement, en vrais gourmets, la dégustation d'un bar au risotto safrané, lorsqu'Édouard s'approcha.

— Puis-je me permettre de vous demander des nouvelles de Madame Verani-Gobi ? Elle n'est pas descendue…

— Elle se repose dans sa chambre, après toutes ces émotions…

Pour quelques instants, Édouard avait quitté son air olympien.

— Je crois vraiment qu'elle l'a échappé belle !

— Cela, on peut le dire ! Au fait, dit Vincent, elle vous remercie. Vous avez fait ramener sa voiture à l'hôtel…

— C'est la moindre des choses.

Il y avait dans la voix d'Édouard des intonations chaleureuses. On devinait que, sous son impassibilité professionnelle, il avait avec ses clients une relation presqu'amicale. Il s'éloigna, bedaine en avant et port de tête impérial. Vincent consulta le menu.

— On fait bombance tous les soirs, ici. Qu'est-ce que tu prends comme dessert ?

— Je n'en prends pas.

— Mais si. Tu es toute mince, plus élégante que jamais…

Il se pencha vers Margot.

— Tu te rappelles le régime macrobiotique qu'on avait commencé un hiver ?

— Les boulettes d'argile et les pousses de soja ?

— Tu te rappelles le gueuleton qu'on s'est offert au bout de trois jours ?

Ils éclatèrent de rire, ce qui fit tourner la tête des dîneurs de la table voisine où le colonel, armé de la salière et de la corbeille à pain, refaisait la bataille d'Austerlitz, sous les yeux médusés d'un couple de Japonais.

— Il va falloir qu'on se fasse une petite bouffe, un de ces soirs, seuls, tous les deux…

Margot sourit presque tendrement, cela lui arrivait…

— Demain soir, si tu veux, dit-elle.

— Non, demain, je ne peux pas. Je m'absente pour un jour ou deux.

— Tu vas à Paris ?

— Oui. Jean-Luc me conduit à la gare d'Auray demain matin.

— C'était pour ça, la photo de Pierrot ?

— Oui, c'était pour ça.

— Qu'est-ce que tu vas faire ?

— La tournée des luthiers.

Tard dans la soirée, Jean-Luc vint rejoindre Vincent dans sa chambre.

— Tout est prêt ?

Vincent lui tendit une enveloppe.

— Là-dedans, tu as deux tirages de la photo initiale plus deux agrandissements de Pierrot en buste. J'en ai fait autant pour moi.

— J'ai eu la rédaction tout à l'heure, dit Jean-Luc. Meurtre de Sébastian et disparition des stradivarius, ça leur va. On passe au JT dès qu'on est prêt. Autre chose, je crois qu'il est grand temps qu'on reprenne contact avec le commissaire.

— On lui dit tout.

— Sauf l'essentiel.

— On prend des risques…

Jean-Luc haussa les épaules.

— Ce n'est pas la première fois !

XXVII

Vincent émergea du métro Havre-Caumartin et leva le nez. Le ciel de Paris était à peine moins gris que celui de Quiberon. Il tourna le dos au flot de passants qui s'écoulait vers les grands boulevards et entreprit la périlleuse traversée de la rue Saint-Lazare. La grande horloge de la gare marquait quinze heures quinze. Il traversa la cour du Havre et commença à remonter la rue de Rome.

Le bas de la rue était populeux, encombré d'une foule grouillante mais, au bout d'une centaine de mètres, l'ambiance changeait, la foule se faisait moins dense, les magasins plus discrets. Vincent traversa pour marcher sur le côté gauche de la rue, là où se succédaient les boutiques de marchands d'instruments de musique. Il s'arrêta quelques instants devant une première vitrine : des accordéons, des harmonicas. Un jeune homme efflanqué, venait en sens inverse, chargé d'un étui à violon.

— J'étais comme lui, il y a combien de temps ? Je ne veux pas compter, il y a quelques années…

Chaque fois qu'il venait dans ce quartier – et c'était rare car il n'avait maintenant plus rien à y faire – les souvenirs l'assaillaient, les souvenirs du temps où il rêvait de devenir un grand violoniste*. Un peu plus haut, rue de Madrid, il y avait le temple prestigieux où il avait espéré entrer, le Conservatoire National de Musique. Sans y prendre garde, il avait dépassé une première boutique de luthier. Il revint sur ses pas et entra. Un petit homme aux cheveux gris vint à sa rencontre. Le sujet n'était pas facile à aborder. Vincent s'empêtrait dans des considérations embarrassées, des demi-vérités. L'homme l'interrompit :

— Ne me dites pas que vous êtes en train de me proposer un stradivarius !

Et après un petit silence :

— Vous ne seriez pas flic, par hasard ?

— Pas du tout, protesta Vincent.

— Parce que la police est venue, il y a deux jours, me poser les mêmes questions.

Vincent extirpa les photos de sa poche.

— Est-ce quelqu'un qui ressemblerait à…

Le marchand le coupa encore :

— Personne n'est jamais venu ici me parler d'une affaire pareille. Vous savez combien cela vaut un stradivarius ?

— Cinq, six cent mille euros, hasarda Vincent.

— Vous êtes loin du compte ! Aux dernières ventes à Paris et à Londres, il y a eu des enchères à plus de neuf cent mille euros ! Il y a même un violon qui a été adjugé à un million huit cent mille euros. Une pièce exceptionnelle, paraît-il.

— Qui achète cela ?

---

*Voir *Dernier rendez-vous à Vannes* - Même auteur, même éditeur.

— Des solistes internationaux, des musées, des collectionneurs, anonymes, la plupart du temps. La magie des stradivarius, cela existe. Car, il faut bien le dire, à ce jour, personne n'a encore percé le mystère de leur sonorité !

— Il y a le temps, dit Vincent, il faut que le bois d'un violon travaille longtemps, on parle d'une centaine d'années…

— C'est vrai mais il n'y a pas que cela ! On dit que Stradivarius fabriquait lui-même ses vernis avec une poudre qu'il faisait ramasser sur les pentes des volcans et que c'est cela qui donne ce moelleux, cette profondeur dans la sonorité.

Les yeux du petit homme lançaient des flammes. Un passionné ! Vincent serait bien resté bavarder un peu avec lui mais le temps pressait. Dans la deuxième boutique, il crut un instant toucher au but. Il fut accueilli par une jeune femme blonde et aimable. Mais dès qu'il eut abordé le vif du sujet, le sourire commercial de son interlocutrice s'effaça tandis qu'il se sentait inspecté de la tête aux pieds. Elle aussi devait le prendre pour un policier, Vincent la rassura :

— Je suis là uniquement pour recueillir des informations, je voudrais savoir si, ces temps derniers, on vous a proposé des violons signés Stradivarius.

Après une brève hésitation, elle accepta de répondre. « Oui, son père, c'était lui le propriétaire du magasin, avait été démarché par téléphone. Le correspondant n'avait pas voulu donner son nom, il avait dit qu'il reprendrait contact. »

— Mais mon père, poursuivit-elle, était bien décidé à ne pas donner suite. Cela lui semblait louche et nous ne voulons pas d'histoires.

Elle avait dit cela sèchement, en le poussant vers la porte. Dans la troisième boutique, on ne vendait que des instruments à cordes et d'occasion. Une chance de plus, peut-être… Cela sentait bon le vernis, la colle et la colophane. Le luthier, en blouse de travail, sortit de son arrière-boutique. Il écouta sans rien dire et, à la fin, acquiesça : oui, un homme était venu, récemment lui parler d'une affaire de stradivarius.

— Comment était-il, demanda Vincent, grand, petit, gros, mince ?

— Moyen, plutôt mince, je ne me rappelle plus très bien. Il était en imperméable…

Lorsque Vincent sortit sa première photo, il prit le temps de regarder attentivement :

— C'était quelqu'un de ce genre mais de là à l'identifier de façon formelle…

Vincent sortit une deuxième photo où il avait dessiné une moustache sur le visage de Pierrot.

— Et celle-ci, ça vous dit quelque chose ?

Silence dubitatif. Une troisième photo : cette fois, Pierrot portait une perruque blonde et, toujours des moustaches.

— Oui, peut-être, mais je ne suis pas certain.

Et à brûle-pourpoint :

— Vous savez, la police est déjà venue, mais sans photo.

— Vous me prenez pour un policier, dit Vincent ?

— Pas du tout, dit le luthier. Vous n'avez pas la manière. Il s'agit de violons volés, hein ? J'en étais sûr. J'ai tout de suite flairé l'arnaque. Vous travaillez pour une compagnie d'assurances ?

Vincent fit un geste évasif que l'autre prit pour un acquiescement. Il se préparait à sortir lorsque le luthier se toucha la tête du doigt.

— Il me revient un détail. Le type qui est venu, il avait l'accent du midi.

Vincent redescendit la rue de Rome, fort satisfait. Inutile de poursuivre les visites plus avant. La piste qui menait à Pierrot devenait de plus en plus crédible. Il eut envie d'appeler Jean-Luc immédiatement mais décida finalement d'attendre d'être rentré chez lui.

— Je serai plus tranquille.

Regagner Quiberon le plus vite possible. Mettre Pierrot sous surveillance. Et sans perdre un moment !

Quand il rentra chez lui, Vincent trouva sur son répondeur un message de Jean-Luc qui lui demandait de rappeler au plus vite. Il n'eut pas le temps de le faire. À peine avait-il fermé sa porte que le téléphone sonna. Jean-Luc était au bout du fil.

— Rentre dare-dare !

— Il y a du nouveau ?

— Pierrot s'est suicidé ! On l'a trouvé ce matin, chez lui, pendu !

XXVIII

Le bureau du commissaire était assez spacieux, garni de bons fauteuils, il aurait même été confortable si le chauffage avait fonctionné. Mais le commissaire Le Gall ne semblait pas être frileux. Malgré la fenêtre entrouverte, il était en bras de chemise… Il se leva pour les accueillir et leur tendit la main.

— Merci d'être venus tout de suite.

Jean-Luc lui rendit son sourire.

— Une convocation de la police, cela n'attend pas.

— Mais ce n'est pas une convocation, s'écria Le Gall, c'est une invitation. Se tournant vers Vincent : alors, vous vous êtes offert un aller-retour à Paris ?

Vincent éternua deux fois, trois fois.

— Oui, fit-il enfin.

— Vous n'avez pas froid au moins, s'enquit le Commissaire ?

Il esquissa le geste de pousser la fenêtre… esquissa, pas plus…

— Et, poursuivit-il, vous n'avez pas perdu votre temps, il me semble. De toute manière, j'étais persuadé que vous mèneriez, tous les deux, votre propre enquête mais je ne pensais pas que vous iriez plus vite que nous. Au fait, vous avez pris votre petit-déjeuner ? Moi, à peine. Café pour tout le monde ?

Votre ami m'a raconté vos investigations dans le quartier des musiciens mais j'aimerais entendre le récit de votre bouche.

Vincent s'exécuta. Le commissaire écoutait, sans rien dire, tandis que Vincent attendait de pied ferme le moment où l'on passerait aux questions embarrassantes. Cela ne tarda pas.

— Ce que je ne m'explique pas, dit Le Gall, c'est comment vous en êtes arrivés au patron du bar... Ce Pierrot, il fallait que vous le soupçonniez pour lui avoir subtilisé la photo que vous avez montrée hier après-midi, dans les boutiques de la rue de Rome. Votre ami, Ménand, dit-il en se tournant vers Jean-Luc, m'a parlé d'intuition... Mais moi, vous savez, je suis un peu borné alors, l'intuition... J'aime mieux m'en tenir aux faits !

C'était le maillon faible de leur histoire, le point délicat. Là, il fallait jouer serré, éviter à tout prix de parler de l'agression si l'on voulait tenir Francesca à l'écart de l'affaire. Ils s'y étaient préparés et n'avaient pas trouvé d'autre explication plausible que les parties de poker.

— Le poker, oui, je sais, dit Le Gall. On se réunit pour jouer aux cartes, entre amis, au "Santez Anna". Le directeur n'a fait aucune difficulté pour m'en parler. D'ailleurs, il n'y a aucun mal à cela. Donc, ce seraient les parties de poker qui...

— Dans le personnel, le bruit court qu'on joue gros jeu et le patron d'un petit bar pouvait se trouver dans l'impossibilité de faire face. D'autre part, à cause du poker, précisément, Pierrot fréquentait régulièrement le “Santez Anna”. Il pouvait avoir accès aux chambres, élément intéressant pour la disparition des stradivarius… J’ai donc pensé, dit Vincent d’un ton qu’il s’efforçait de rendre persuasif, qu’on avait là une piste. Vous voyez, l’intuition plus la logique.

Le commissaire avait posé sa tasse et le regardait, pas vraiment convaincu…

— C’est pourquoi, continua Vincent, pressé de quitter ce terrain dangereux, j’ai demandé qu’on vous prévienne tout de suite. Je voulais – Vincent décocha un clin d’œil qui se voulait complice – une fois de plus, vous faire gagner du temps. Je pensais que ce Pierrot allait nous mener, enfin… vous mener aux violons et, patatras, voilà qu’il se suicide !

— Parlons-en du suicide, dit Le Gall. Il n’est pas du tout certain que cela en soit un. Oh, la mise en scène était parfaite ! le tabouret renversé sous les pieds, etc. Mais il y a des invraisemblances. D’abord, d’après les premiers témoignages, il n’avait aucune raison de mettre fin à ses jours : il allait bien, son commerce aussi. Autre chose, la veille de sa mort, il avait accepté une partie de pêche avec un copain, et pris rendez-vous pour le lendemain avec son dentiste. Avouez que c’est étrange pour quelqu’un qui a l’intention de mettre fin à ses jours.

Ni Jean-Luc ni Vincent ne pipaient mot, désireux d’en finir avec cet entretien plein de chausse-trapes. Le commissaire tapota sa pipe éteinte sur un cendrier. Il poursuivit, songeur :

— C'est vraiment une série noire, en ce moment, à Quiberon. Un promeneur qui tombe à la mer, Sébastian tué par balle, un suicide par pendaison et, par-dessus le marché, il paraît que Madame Verani-Gobi a failli se noyer, elle aussi, toujours sur la Côte sauvage.

Le commissaire abandonna sa pipe et se tourna vers Vincent.

— C'est vous qui l'avez sauvée, m'a-t-on dit ?

— Oh, sauvée, dit Vincent, n'exagérons rien ! Elle avait glissé sur les rochers, disons qu'elle était en mauvaise posture.

— Et, bien entendu, vous étiez là par hasard ?

Le piège…

— Pas du tout par hasard, protesta Vincent, je devais faire des photos de la Côte par gros temps. Elle avait demandé à m'accompagner, elle s'est éloignée un moment et elle a trébuché. Elle en a été quitte pour quelques points de suture et moi pour un rhume, voilà tout.

Le commissaire laissa planer un petit silence puis il se leva.

— Eh bien, je ne vous retiens pas plus longtemps. Et, bien entendu, si vous avez du nouveau, n'oubliez pas de me faire signe !

Il les quitta avec une poignée de main amicale et un regard qui n'était pas exempt de suspicion.

XXIX

À la sortie du commissariat, en entrant dans la voiture, Vincent leva le nez.

— Tiens ! Du ciel bleu !

— Et, depuis hier, le vent s'est calmé.

— Je le regrette presque, Quiberon sans le vent, cela n'est plus tout à fait Quiberon.

Jean-Luc conduisait d'un air songeur.

— Il sent qu'on lui cache quelque chose.

— Le Gall ?

— Oui. Il ne nous croit qu'à moitié.

— Entre nous, dit Vincent, il n'a pas tout à fait tort.

Ils s'étaient un peu perdus en rentrant dans le centre-ville. Ils demandèrent leur chemin, descendirent la rue de Verdun et se retrouvèrent sur la grande plage. Ils marchèrent un moment en silence.

— Hier, dit Jean-Luc, pendant que tu étais à Paris, je suis retourné sur les lieux.

— À l'endroit où Francesca a failli se faire trucider ?

— Non. Je me suis arrêté avant. Ce qui m'intéressait, c'était l'endroit où tu as laissé ta voiture pour la suivre à pied. Francesca m'a donné l'itinéraire.

J'ai trouvé facilement grâce aux détails que tu m'avais fournis : le quartier désert, la "Villa Tibère" c'est la maison avec l'écriteau « À vendre ».

— L'écriteau complètement décroché, enchaîna Vincent, qui pend sur la façade…

— Non, il n'était pas décroché, en tout cas, je n'ai pas remarqué.

Vincent attendait la suite. Il connaissait de longue date les méthodes de Jean-Luc : explorer les situations, les sites, fouiller sans savoir ce que l'on cherche et, finalement, tomber sur le détail intéressant auquel, d'abord, on n'avait pas pensé.

— J'ai voulu vérifier, continua Jean-Luc que, dans ce quartier, dans cette rue en tout cas, les maisons étaient inoccupées. J'ai sonné, frappé partout. Portes closes, volets clos. Il n'y a personne, à cette saison. Or, tu m'as bien dit que, lorsque tu as laissé ta voiture, tu avais vu un vélo contre un mur…

— Celui de Pierrot, certainement.

— Et une voiture garée le long du trottoir ?

— Oui.

— Et, quand tu es revenu avec Francesca, il n'y avait plus ni voiture ni vélo ? Un vélo et une voiture, cela fait deux moyens de locomotion, c'est trop pour une seule personne.

Obnubilé par le vélo de Pierrot, Vincent n'avait pas pensé à la voiture. À présent, il suivait le raisonnement de Jean-Luc. C'était lumineux.

— À ton avis, dit-il, Pierrot n'était pas seul… Il avait un complice.

— Ou bien c'est lui qui était le complice de quelqu'un d'autre. Et l'opinion de Le Gall, le faux suicide, serait un argument de plus. Le deuxième homme, voyant que Pierrot était repéré, décide de le supprimer. Mais comment ce deuxième homme apprend-il que Pierrot est repéré ?

Vincent se frappa la tête, sous le coup d'une inspiration :

— Par Pierrot lui-même ! J'arrive à son bar. Il éprouve le besoin de me dire, alors que normalement je m'en fous, qu'il est resté chez lui à regarder la télévision. Pourquoi ? Parce qu'il m'a vu repêcher Francesca. Moi, je n'ai pas pu l'identifier puisqu'il portait une cagoule, mais lui, il m'a vu. Et il a peur d'avoir été reconnu, malgré la cagoule. Son histoire de télévision, c'est pour se fabriquer un alibi. Et la confirmation que je l'ai repéré, c'est quand il se rend compte que je lui ai fauché sa photo.

— Tout se tient, dit Jean-Luc. Le soir même, il vient jouer au poker au “Santez Anna”. Je le sais, le barman me l'a dit. Il commet l'imprudence de tout raconter à son complice et, au matin, on le retrouve pendu. Cela nous ramène, une fois de plus, au “Santez Anna”. Il faut arriver à savoir avec qui il a joué ce soir-là.

— Comment ?

— Par Joséphine, elle sait tout.

— Tu t'occupes d'elle ?

— Je m'en occupe. Je dois passer chercher Anne-Marie à l'hôtel, je te ramène ?

— Non, j'ai envie de marcher un peu.

Vincent descendit sur la plage. La réverbération du soleil était telle que l'on pouvait à peine regarder le sable sans cligner des yeux.

— C'est cela, la fameuse lumière de Quiberon…

Il marchait lentement, essayant de retrouver l'idée qui l'avait effleuré, fugitivement, pendant que Jean-Luc faisait le récit de son expédition. Un détail, un tout petit détail de rien du tout.

— Qu'est-ce que c'était donc ?

C'est alors qu'il fermait les yeux au soleil, le dos appuyé contre une balise d'alignement, que cela lui revint : l'écriteau ! l'écriteau sur la façade de la maison, cette "Villa Tibère" ! Avant-hier, il pendait d'un côté, à moitié décroché. Hier, d'après Jean-Luc, il ne pendait plus…

— Un petit détail, certes, mais sacrément important !

Il remonta sur le boulevard, marcha d'un pas vif jusqu'à l'hôtel, passa prendre sa voiture au garage et fila. Il n'eut aucune peine à retrouver le quartier, la rue complètement déserte, la maison où l'écriteau barrait la façade, à la hauteur du premier étage, bien accroché de ses deux côtés. Sous la mention « À Vendre », en gros caractères, un numéro de téléphone. Vincent composa le numéro sur le cadran de son portable, se fit indiquer l'adresse et, dix minutes plus tard, il poussait la porte de l'Agence immobilière du Kérouac.

Jouer au touriste désireux d'acquérir une résidence

secondaire à Quiberon, se prétendre très intéressé par cette villa, près de la Côte sauvage, cela, c'était l'enfance de l'art. Plus difficile fut, en gardant l'air parfaitement naturel, d'obtenir le renseignement précieux...

— Non, on n'avait pas fait visiter la "Villa Tibère", ces temps-ci. Non, absolument personne de l'agence n'était entré dans cette maison, depuis des semaines.

— Vous êtes sûre ?

— Évidemment que j'en suis sûre, c'est moi qui ai les clés...

— Et on peut visiter ?

— Aujourd'hui, impossible. Je suis seule pour deux jours. Après-demain, si vous voulez, le responsable des ventes sera là.

Vincent tenta sans succès de se faire confier les clés « juste pour jeter un coup d'œil sur le jardin... » Le dragon femelle qui lui faisait face, chignon serré et lèvres pincées, resta intraitable :

— Après-demain, pas avant !

Qu'à cela ne tienne, on se passerait de clés !

XXX

En rentrant au “Santez Anna”, Vincent trouva Jean-Luc qui l’attendait dans le hall.

— J’ai du nouveau, dit-il.

Il entraîna Jean-Luc dans un coin discret et il raconta. Les faits parlaient d’eux-mêmes. Quelqu’un était entré dans la maison déserte, quelqu’un qui avait jugé utile de remettre l’écriteau en place.

— Pourquoi ?

— Mais parce qu’un écriteau qui pend, cela fait du bruit, cela risque de tomber, c’est dangereux. Le quartier est désert, soit, mais quand même… N’importe qui aurait pu le signaler et on serait venu arranger cela. La personne qui a raccroché l’écriteau voulait éviter une possible intervention de l’agence. Donc…

— On y va quand, coupa Jean-Luc ?

— Le plus tôt sera le mieux. J’ai hâte de savoir ce qu’elle a dans le ventre, cette maison.

Ils évaluèrent les possibilités. De jour, ils prenaient le risque de se faire repérer. Il suffisait d’un touriste égaré et la police surveillait sûrement le secteur.

— Vers cinq, six heures, suggéra Vincent. Il ne viendrait à personne l’idée d’aller visiter la Côte sauvage, à cette heure là.

— Impossible. Anne-Marie a réussi à faire venir ce type qui fait la chronique musicale à *Midi-Minuit*, tu sais bien…

— André Loudières.

— C'est cela et Stéphanopoulos donne un petit cocktail en son honneur. Si on n'y est pas, cela paraîtra louche. On boira un verre en vitesse et on filera à l'anglaise. Au fait, poursuivit Jean-Luc, j'ai interviewé Joséphine. Le soir précédant son faux suicide, Pierrot, est bien venu jouer au poker. Il y avait un restaurateur de La Trinité, un des serveurs – Jérôme ou Lucien, elle n'arrive pas à les distinguer – et Stéphanopoulos. Rien que des habitués, ils jouent ensemble plusieurs fois par semaine. Édouard leur a servi un dernier porto vers une heure du matin.

— Il joue au poker, lui aussi ?

— D'après Joséphine, il ne joue jamais, il se contente d'assister aux parties de temps en temps et il leur sert à boire, quand le barman s'en va.

Ils suivaient tous les deux la même idée : vraisemblablement, le complice de Pierrot était parmi les joueurs et, à part le restaurateur de La Trinité, tous pouvaient circuler plus ou moins librement dans les chambres, celle de Sébastian et celle de Francesca…

Ils prenaient l'ascenseur quand Margot surgit, les journaux locaux à la main.

— Tenez, lisez cela !

Deux entrefilets, rédigés presque dans les mêmes termes et consacrés au meurtre, pour le moment non élucidé disait-on, d'Herman Sébastian, faisaient état d'un détail « qui avait retenu l'attention des enquêteurs », à savoir une certaine ressemblance physique entre le chef d'orchestre assassiné et le vétérinaire accidenté. D'autant plus que les deux hommes portaient, tous deux, le jour de leur mort, un imperméable de coupe et de couleur voisines. On étudiait la possibilité d'un lien entre les deux affaires.

— Embêtant, cela, dit Vincent.

Le danger se précisait. Les enquêteurs progressaient, sur la bonne piste. Et, au bout de la piste, il y avait Francesca…

XXXI

Vincent vida d'un seul trait son verre de Perrier-citron. Pas une goutte d'alcool : dans un petit quart d'heure, il allait prendre le volant. Il guettait l'arrivée de Jean-Luc. Pour tromper son impatience, il regarda autour de lui. « C'est vrai qu'il a de la gueule, cet hôtel », se dit-il.

Dans le grand salon, le "petit cocktail", d'abord prévu pour les *happy few*, rassemblait finalement la plupart des clients. Très entourée, Anne-Marie présentait, avec son entregent habituel :

— "André Loudières" qui tient la chronique musicale dans… Mais vous le connaissez, vous l'avez déjà rencontré, bien entendu…

On acquiesçait. Tous, les mélomanes et les autres, même les plus ignorants en matière de musique, étaient flattés de serrer la main du "critique qui fait et défait les réputations", l'arbitre incontesté de la vie musicale parisienne, rôle que Loudières jouait à la perfection et depuis longtemps. Tous, sauf les Japonais. Massés en un groupe compact, raides, impavides, ils engloutissaient les canapés, buvaient sec, sans dire un mot.

Vincent aperçut Margot, debout à l'angle opposé.

Elle était ravissante dans un mini-tailleur à la longueur étudiée au centimètre près pour montrer ses genoux. « Il n'y a pas beaucoup de femmes qui peuvent montrer leurs genoux », disait-elle souvent. Elle, elle pouvait montrer les siens. Margot avait écopé du colonel. Le sourire figé et le regard lointain, elle attendait visiblement le moment de s'échapper. Vincent décida d'aller lui porter secours. Il s'approcha et, très fort, car le colonel était dur d'oreille :

— Excusez-moi, mon colonel… Tu sais qu'il y a un message pour toi à la réception ?

Margot lui dédia un regard reconnaissant avant de s'éloigner en direction du buffet. Il vit Stéphanopoulos lui remplir lui-même un verre de jus de fruit, en profiter pour lui murmurer longuement quelque chose à l'oreille avec son sourire de don juan sur le retour.

« Il a l'air d'un vieux jeune premier des années cinquante », pensa Vincent. « Enfin s'il y a des femmes à qui ça plaît… Allons bon, qu'est-ce qui m'arrive ? Je ne vais pas me remettre à être jaloux de Margot ! »

Le colonel, pas découragé, entamait le récit de son passage à l'École de guerre lorsque Francesca fit son entrée. Immédiatement, tous les yeux s'étaient tournés vers elle. Comment faisait-elle pour monopoliser les regards, simplement en apparaissant ? Elle évoluait, avec une grâce souveraine, ses mains encore entourées de bandages, tandis qu'elle saluait à la ronde, comme une reine devant sa cour, au milieu de murmures admiratifs.

— Elle est vraiment superbe…

— Plus fascinante que jamais !

— Oui, mais elle, elle est finie !

Vincent se retourna. C'était Loudières, cette langue de vipère, qui venait de parler.

— Je me demande ce qu'elle attend pour faire son retour à la scène, dit quelqu'un.

— Elle attend, peut-être, dit Vincent, qu'on le lui propose. Je pense même qu'elle n'attend que cela…

Pendant quelques instants, il suivit de l'œil les évolutions des serveurs. Les deux Jerôme-Lucien circulaient avec leurs plateaux chargés de verres, sous le regard attentif d'Édouard. Stéphanopoulos allait d'un groupe à l'autre, il dominait tout le monde, portant beau, sous sa crinière argentée. Selon toute vraisemblance, le complice de Pierrot était l'un d'entre eux…

Il se faufila vers Margot pour lui chuchoter les dernières consignes :

— Surveille Francesca. Empêche-la de forcer sur le champagne. Elle serait capable de raconter ses exploits. Ce serait dommage, avec tous les risques qu'on prend pour lui garder la tête hors de l'eau…

Il s'interrompit car Jean-Luc venait d'arriver. Enfin ! Jean-Luc venait d'avoir l'adjoint du commissaire au téléphone. Les perquisitions chez Pierrot, au bar, dans son appartement et dans son garage n'avaient rien donné. Aucune trace de stradivarius. À Paris, la Brigade spéciale était sur les dents, d'autant que les héritiers de Sébastian commençaient à se manifester.

— Maintenant, conclut Jean-Luc, je fais mine de boire un verre et, dans cinq minutes, je m'éclipse. Le matériel ?

— Tout est dans le coffre, dit Vincent, tu es prêt ? Je sors la voiture et je t'attends devant le porche.

*

Vincent conduisait lentement, en souplesse, tandis que Jean-Luc, le plan étalé sur les genoux, lui donnait les indications :

— Continue jusqu'au feu. Tout droit, ensuite à gauche et encore à gauche…

La nuit n'était pas encore complètement tombée. Il fait jour tard en Bretagne… Ils arrivèrent. Aucun éclairage dans les rues. Dans la lumière incertaine d'entre chien et loup, le quartier de la villa Tibère paraissait encore plus sinistre, complètement vide, fantomatique.

— C'est ici, dit Jean-Luc, je viens de voir l'écriteau.

Vincent dépassa la maison, roula jusqu'au bout de la rue, tourna à droite. Encore quelques mètres, au ralenti, le long d'un trottoir, tous feux éteints, et il coupa le contact. Sans un mot, ils bouclèrent leurs parkas, vérifièrent le contenu de leurs poches à glissières : lampes-torches, appareils photos miniaturisés, plus un solide couteau à lames multifonctions qui faisait partie de leur équipement de survie lorsqu'ils partaient en reportage dans des pays peu sûrs. Vincent referma doucement les portières sans les verrouiller. Précaution utile au cas où il faudrait démarrer en catastrophe. Ils rebroussèrent chemin en direction de la villa, silencieux comme des félins sur leurs semelles de gomme. On entendait, tout proche, le grondement puissant et régulier des vagues. Au loin, sur l'immensité sombre de la mer, du côté de l'ouest, une traînée lumineuse s'éteignait.

Ils s'arrêtèrent quelques mètres avant la villa et observèrent les alentours : tout était noir, désert. Dans la maison, aucune lumière. Bref éclair de la lampe-torche sur la façade : des volets clos, une porte protégée par une grille. Ils s'approchèrent du portail dont les battants disjoints étaient réunis par une chaîne enroulée à double tour. Une poussée de la main : la chaîne grinça sans bouger d'un pouce. Il ne restait qu'à escalader le mur de clôture. Ce fut vite fait. Le mur n'était pas haut et ses pierres disjointes offraient des prises faciles. C'était le moment d'enfiler les gants. Appuis, rétablissements, enjambements et ils se retrouvèrent dans l'obscurité d'un jardin touffu. De la terre mouillée qui collait à leurs chaussures, montaient des senteurs végétales. Dans un arbre, tout près, une chouette hululait, elle se tut à leur approche, avant de s'envoler lourdement.

Au bout de quelques instants, leurs yeux s'accommodèrent à l'obscurité et ils entreprirent de contourner la maison. Tâtonnant au milieu d'arbustes dont les branches leur giflaient le visage, ils trouvèrent ce qu'ils cherchaient, une porte de service. De nouveau, un éclair de la lampe : pas de poignée, un simple loquet. Jean-Luc commença à le faire jouer. Inutile, la porte n'était même pas fermée, elle s'entrouvrit d'une simple pression du pied. Jean-Luc poussa doucement. Le battant s'ouvrit avec un grincement prolongé, affreux, qui leur parut aussi bruyant qu'une alarme. Ils attendirent quelques instants, immobiles, mais rien ne bougeait dans la maison. Ils entrèrent.

À l'intérieur, c'était le noir absolu. Il leur fallut allumer leurs lampes. La visite du rez-de-chaussée fut vite faite : trois pièces, complètement vides et une cuisine dont les placards ne contenaient que quelques ustensiles. Rien d'intéressant. Ils s'apprêtaient à monter lorsqu'une porte claqua sec au-dessus d'eux. Quelqu'un là-haut ! Ils s'arrêtèrent net, retenant leur souffle. De nouveau, ils restèrent sur place, guettant le moindre bruit, un long moment… Mais aucun bruit ne se faisait entendre. De brefs coups de vent secouaient la porte ouverte sur le jardin.

— C'était un courant d'air, chuchota Vincent. Allons-y !

Lentement ils gravirent l'escalier, s'arrêtant de temps en temps pour écouter mais rien ne bougeait. À l'étage, il y avait une salle de bains vétuste, une première chambre vide avec des placards, vides eux aussi. L'autre chambre donnait sur la façade. Ils s'approchèrent de la fenêtre dont les volets n'étaient retenus que par des crochets intérieurs. Jean-Luc ouvrit un volet, se pencha un peu, il était juste à l'aplomb de l'écriteau. C'était par là qu'on l'avait raccroché. La troisième pièce contenait quelques meubles. Pendant que Vincent explorait le contenu de deux armoires à moitié pleines de vieilles revues, Jean-Luc s'arc-boutait sur les tiroirs récalcitrants d'une commode. Il parvint à tirer le premier : rien. Le deuxième. Et là, le miracle que, sans se le dire, ils avaient espéré !

— Viens, dit Jean-Luc.

Un sac de toile grossière, de forme oblongue... Jean-Luc tenait sa lampe braquée sur le paquet. Vincent posa la sienne. Ses mains tremblaient légèrement tandis qu'il dénouait les cordons du sac. Ils savaient déjà ce qu'ils allaient trouver... Les deux étuis étaient posés à plat, côte à côte. Vincent les ouvrit l'un après l'autre. Dans la pénombre, le bois des violons luisait doucement.

Vincent les contempla de longues minutes, sans rien dire, fasciné, puis il osa les toucher. Il les prit l'un après l'autre, avec dévotion, par le manche. Il en caressa la volute, le chevalet, fit vibrer une ou deux cordes avant de déchiffrer le nom gravé sur le fond pour l'un, sur l'une des éclisses, pour l'autre.

— Il faut qu'on téléphone à Le Gall, dit Jean-Luc.

Vincent n'entendait pas :

— Je ne pensais pas qu'un jour, je pourrais voir, toucher un stradivarius...

XXXII

Vincent ne sut jamais comment, à cette heure tardive, Jean-Luc avait, finalement, réussi à faire passer le message au commissaire Le Gall.

Sur le chemin du retour, pendant qu'il conduisait, il entendait Jean-Luc, le portable collé à l'oreille, s'évertuer, supplier qu'on lui communique un numéro où le joindre, répéter que c'était très important, urgent… Il entendait mais il n'écoutait pas. Dans sa tête à lui, chantaient des bribes de concertos, *La berceuse de Fauré*… Il revoyait Pierre Amoyal, Anne-Sophie Von Mutter, Yehudi Menuhin… tous les virtuoses qui l'avaient fait rêver. Nombreux étaient ceux qui jouaient sur des stradivarius, et il entendait les sonorités, profondes, envoûtantes qu'ils tiraient de leurs violons magiques.

Ils arrivèrent à la salle à manger alors que le service était déjà largement entamé. À leur table habituelle, Anne-Marie et Margot avaient pris place en compagnie de Loudières.

— J'espère que je ne suis pas indiscret, susurra le critique musical.

On protesta en chœur : il était le bienvenu. Mais on attendait Francesca pour commander.

— D'ailleurs, ajouta Anne-Marie, notre ami Loudières a, au sujet de Francesca, une idée intéressante. Il va vous expliquer.

— Eh bien, j'ai un ami qui…

Loudières avait des “amis” partout… Une vraie mafia où l'on se renvoyait volontiers l'ascenseur… Il s'agissait d'une série pour la télévision, des opéras-feuilletons, deux ou trois mots sur le compositeur, quelques mesures de l'ouverture, trois ou quatre extraits des grands airs – des extraits seulement – pendant qu'une voix “off” raconte l'intrigue.

— Elle va crier au sacrilège, dit Vincent et elle aura raison !

Loudières ne cachait pas son dédain.

— Je vous accorde, dit-il d'un air méprisant, que c'est très “grand public”. Mais, entre nous, a-t-elle le choix ? J'ai pensé à elle pour Azucena, la sorcière, du “Trouvère”. Verani-Gobi, c'est un nom dont on se souvient encore. On aurait une presse du tonnerre si elle acceptait. La voilà, je lui en parle tout de suite.

Francesca prit place.

— C'est gentil de m'avoir attendue.

Elle consultait le menu tout en écoutant Loudières exposer le projet.

— Il *Trovatore*, dit-elle rêveusement, il y a longtemps que je n'ai pas chanté Léonor. Il va falloir que je travaille mes aigus.

— Travaillez plutôt vos graves, dit Loudières, il s'agit du rôle d'Azucena.

Il avait dit tout cela avec un air de méchanceté

jubilatoire. Francesca avait posé le menu sur la table. Elle le regardait, incrédule.

— Vous voulez dire que vous avez pensé à moi pour la sorcière ?

Sa voix était devenue dangereusement douce, feutrée. Vincent sentit venir le drame.

— Azucena, la mère de Manrique ? Un rôle de mère ! Moi !

— Mais vous avez l'âge du rôle, bredouilla Loudières.

— Goujat !

Elle avait saisi son verre. Loudières fut inondé de champagne avant d'avoir compris ce qui lui arrivait. Édouard était déjà là, une serviette à la main. Un geste et le ballet des serveurs reprit autour des tables. On remarqua à peine le départ de Francesca.

— Excusez-moi, dit Vincent. Elle est hors d'elle, je vais essayer de la calmer.

Il dut insister longuement avant d'obtenir la permission d'entrer. Francesca, effondrée sur son lit, sanglotait. Vincent entreprit de la consoler :

— Ce n'est qu'un incident sans importance. Je vous assure qu'il n'y a pas de quoi en faire un drame…

Elle hoquetait :

— Je sais, je suis une emmerdeuse…

— On vous l'a déjà dit ?

— Souvent.

Que répondre à cela ?

On frappait à la porte. Jean-Luc entra.

— Je viens d'avoir Le Gall. Il est sur place avec ses hommes.

— Déjà ?

Jean-Luc, à son tour, se tourna vers Francesca.

— Ce Loudières ne mérite pas que vous pleuriez à cause de lui, c'est un mufle, un individu abject…

— Il m'a traitée honteusement, comme si je n'étais plus rien !

Elle se redressa, hagarde.

— Mais peut-être a-t-il raison… Dans quelques heures, je ne serai plus rien. On va venir m'arrêter…

— Vous arrêter ! s'exclama Vincent. Qu'est-ce qui vous prend ? Pourquoi dites-vous cela ?

Les larmes avaient fait couler son maquillage, deux traînées noires lui cernaient les yeux, achevant de lui donner un air d'héroïne de tragédie.

— Margot m'a mise au courant, balbutia-t-elle, entre deux sanglots. Pierrot est mort, il ne peut plus parler mais il y a quelqu'un d'autre…

On frappa de nouveau à la porte. Margot et Anne-Marie venaient prendre des nouvelles. Francesca leur fit signe d'entrer. Elle faisait visiblement des efforts pour se dominer.

— Je sais que l'enquête avance, dit-elle sourdement, grâce à vous. Je ne vous en veux pas. Vous faites votre métier. Mais on va mettre la main sur le coupable et, lui, il va me dénoncer, me charger. Il dira que c'est moi qui ai tué Sébastian ou que j'ai voulu le faire. Pour la justice, c'est la même chose. On le croira et, d'ailleurs, est-ce que ce n'est pas la vérité ?

Cette question, ils l'avaient tournée et retournée dans tous les sens, à plusieurs reprises, et ils n'avaient trouvé qu'une solution.

— Cet homme, dit Vincent, si on parvient à l'identifier, ne perdez pas de vue que c'est lui le vrai coupable. Il sera confondu. À part nous, il est désormais le seul à savoir la vérité en ce qui vous concerne. Et il n'a aucune preuve contre vous. Ce sera sa parole contre la vôtre.

— Si vous jouez serré, dit Jean-Luc, vous vous en tirerez. Nous vous aiderons.

Un coup discret à la porte. Sur un signe de Francesca, Margot alla ouvrir : Édouard se tenait respectueusement sur le seuil. Il venait proposer de servir un petit souper froid pour tout le monde dans l'appartement de madame Verani-Gobi.

— Nous avons un merveilleux saumon fumé d'Irlande, sauvage bien entendu, une salade de mangues et de papayes, des profiteroles au chocolat… Est-ce que cela irait ?

— Édouard, gémit Francesca, j'ai fait un scandale à la salle à manger, je suis déshonorée, c'est affreux !

— Il n'y a eu aucun scandale, affirma Édouard. Vous avez laissé tomber un verre sur le veston de monsieur Loudières, voilà tout ! Un geste maladroit, cela peut arriver à tout le monde.

Francesca faillit lui sauter au cou.

— Édouard, mon bon Édouard, vous êtes merveilleux !

Édouard sourit avec un zeste de malice.

— Oh non, Madame. Mais je connais la vie… Les gros chagrins, on les supporte bien mieux avec un bon dîner.

À peine était-il sorti que le portable de Jean-Luc sonna.

— Excusez-moi, dit-il en s'éloignant vers le petit salon.

Vincent l'avait suivi.

— C'est Le Gall, murmura Jean-Luc Il nous félicite. Il veut nous voir le plus tôt possible demain matin. Il se demande comment nous avons fait pour dénicher les violons.

— On le lui dira, chuchota Vincent. Pour une fois qu'on peut lui dire la vérité…

XXXIII

Ce matin-là, divine surprise, le bureau du commissaire Le Gall était bien chauffé. Fenêtre fermée. Et, dans un coin de la pièce, une table était chargée de tartines de brioches, de fruits. Une cafetière électrique exhalait des arômes corsés.

— Il a vraiment mis le paquet, se dit Vincent.

Comme s'il avait deviné ses pensées, Le Gall se mit à rire.

— J'ai voulu me faire pardonner de vous avoir fait lever si tôt, alors que vous êtes en vacances. Drôles de vacances… Vous n'arrêtez pas !

— Dans notre métier, on n'arrête jamais tout à fait, dit Jean-Luc.

— Je m'en rends compte. Vous avancez vite. Nous aussi, grâce à vous, dit Le Gall.

Il était d'excellente humeur. De petites rides lui plissaient les yeux tandis qu'il emplissait les tasses à café.

— Mes hommes et moi étions à la villa Tibère un peu avant dix heures. Nous avons poursuivi votre perquisition.

— Oh, perquisition, fit Jean-Luc, c'est un grand mot ! Nous avons fait au plus vite.

— Nous, on a pris tout notre temps. Et nous aussi, poursuivit le commissaire, nous avons fait une découverte.

Il but une gorgée de café, histoire de faire apprécier la suite…

— Oui, une découverte, un revolver, chargé. Une balle manquante dans le barillet. Pour le moment, je laisse tout en place pour ne pas alerter celui qui s'en est servi. Dès que nous lui aurons mis la main dessus, je l'enverrai au labo pour expertise. Mais je suis d'ores et déjà sûr du résultat de l'analyse balistique. Nous tenons l'arme du crime !

— Quel genre, le revolver ? Un gros calibre, demanda Vincent, d'un ton détaché ?

— Cela vous intéresse ? Smith and Wesson. C'est avec une arme de ce type que Sébastian a été tué.

Vincent dut faire un gros effort pour éviter le regard de Jean-Luc.

— Maintenant, à vous, dit le commissaire. Racontez ! Comment en êtes-vous arrivé à cette maison ?

Il savait écouter. Concentré. Sans interrompre sauf pour les détails essentiels. L'écriteau… oui, bien sûr, cela c'était bien observé. Bravo ! Mais pourquoi, diable, étaient-ils attirés par ce quartier désert au point de s'y promener à tour de rôle ?

Là, il fallait louvoyer un peu. Un site exceptionnel… des repérages… peut-être un projet de reportage…

Heureusement, Le Gall était pressé de revenir à son affaire. Après avoir interrogé l'entourage de Pierrot, il avait acquis la quasi-certitude que le patron du “Bar à crêpes” n’était pas mort volontairement, qu’il avait été “suicidé” par quelqu’un d’autre dont il n’était probablement que le complice.

— Pierrot avait la réputation de ne pas être “malin-malin”. Je le vois mal organisant un coup pareil. Celui qui a tout manigancé doit se trouver parmi ses familiers, ses copains, ses clients, ses partenaires au poker…

Le Gall en vint aux deux stradivarius.

— Ce sont, en principe, mes collègues de la Brigade spécialisée dans le trafic d’objets d’art qui, à présent, prennent en main cette partie de l’enquête. J’ai obtenu cette nuit, et je vous prie de croire que cela n’a pas été facile, qu’on laisse les violons où vous les avez trouvés, le temps que je mette ma souricière en place. On m’a donné quarante-huit heures. Pas plus. Vous aussi, vous allez attendre. Pas question d’ébruiter votre découverte avant que je vous donne le feu vert. En revanche…

— En revanche ?

— Si ma souricière fonctionne, vous serez aux premières loges. Les premiers, les seuls à tout savoir, à révéler le nom de l’assassin de Sébastian. À vous le scoop ! Je vous dois bien cela !

Il se leva.

— Encore un peu de café ?

Il remplit les tasses, leur tendit la corbeille de brioches, tira son fauteuil pour se mettre à son aise, face à ses deux visiteurs et croisa les jambes.

— Parce que mettre la main sur l'assassin de Sébastian, cela c'est mon affaire !

— Justement, dit Jean-Luc, vous parlez d'assassin… Il y a une chose que nous ne nous expliquons pas. Cet homme, pourquoi a-t-il tué Sébastian ? Il pouvait organiser le vol des stradivarius, les négocier au prix fort, sans commettre un meurtre.

— J'y ai pensé aussi, dit Le Gall. C'est le chaînon manquant…

Il décroisa les jambes et, les yeux brillants, se pencha vers ses visiteurs.

— Puisqu'on collabore…

Et il leur exposa son plan. C'était simple et ça pouvait fonctionner. Il s'agissait de répandre la nouvelle que la villa Tibère avait trouvé acquéreur, par tous les moyens.

— Et j'en ai des moyens, dit Le Gall. Un acquéreur pressé qui fait commencer des travaux de remise en état, immédiatement.

— L'agence ? objecta Jean-Luc.

— L'agence confirmera. Je m'en suis occupé personnellement. À l'heure où je vous parle, la villa est investie par une équipe d'ouvriers, une équipe qui fait tout pour ne pas passer inaperçue et qui va proclamer, dans les cafés de Quiberon et dans les bars des hôtels, son intention de débarrasser le fatras de vieilleries qui encombre la maison. Des hommes à moi, bien entendu. Nous sommes samedi. Ils vont faire un barouf du diable toute la matinée. Ensuite, repos jusqu'à lundi. La maison sera surveillée jour et nuit. Notre homme n'a que le week-end pour récupérer son arme et les violons. Logiquement, ça devrait marcher.

Il avait le sourire en les raccompagnant à leur voiture.

— Vous allez voir. Nous allons faire sortir le loup du bois…

XXXIV

La matinée se traînait. Jean-Luc et Vincent rongeaient leur frein. Ne rien laisser filtrer des progrès de l'enquête alors qu'ils avaient retrouvé, eux-mêmes, les deux stradivarius dont la disparition faisait les gros titres de la presse, c'était le supplice de Tantale ! Finalement, ils décidèrent d'anticiper. Ils allaient enregistrer le sujet, ainsi, dès qu'ils auraient le feu vert du commissaire, tout serait en boîte, ils n'auraient pas perdu une seconde. Ils n'avaient pas de preneur de son mais ce n'était pas la première fois qu'ils se débrouillaient en équipe réduite. Ils firent quelques essais dans les jardins de l'hôtel : Jean-Luc n'était jamais aussi photogénique que lorsque qu'il apparaissait en baroudeur, écharpe et cheveux dans le vent. Mais il fallut vite renoncer à faire des prises en extérieur. Clients et serveurs avaient reconnu un des reporters-vedettes de la télévision et ils entendaient bien profiter du spectacle. Devant l'attroupement qui s'agglutinait autour d'eux, ils durent se replier dans une des chambres. Sur le balcon, avec l'océan en toile de fond, ce n'était pas mal non plus. Les rushes étaient satisfaisants. Vers midi, tout était en boîte.

Dix minutes plus tard, il y eut un appel de Le Gall.

Il avait promis de les informer à chaque fois qu'il y aurait du nouveau. Il tenait parole, faussement bourru, comme toujours :

— Mais, pour le moment, pas un mot sur ce que je vais vous dire, sinon…

— Sinon, vous nous faites coffrer, on est au courant.

Jean-Luc entendit un gros rire et Le Gall se mit à parler :

— Le chaînon manquant, je l'ai ! Je viens de recevoir l'information de mes collègues de Paris. Sébastian était sur le point de se séparer de ses violons. Il ne pouvait presque plus jouer : la maladie de Parkinson. Vous saviez cela ?

— Qu'il était malade, qu'il ne pouvait plus jouer ? Oui, nous savions.

— Comment ?

— Par l'amie de Vincent. Elle nous a précédés à l'hôtel.

— Qui le lui a dit ?

— Stéphanopoulos, le directeur.

Il y eut un silence au bout du fil. Le Gall digérait l'information, puis il poursuivit :

— Des contacts avaient été pris. La vente des violons était imminente. Cela a été confirmé par le secrétaire de Sébastian.

— Il n'est pas suspect, celui-là ?

— Non. Personnalité honorablement connue dans le milieu des musiciens. En plus, alibi en béton. Il était à Paris, le jour du meurtre. On le surveille à tout hasard mais je ne crois pas qu'on puisse trouver quelque chose de ce côté-là.

— Alors, ce chaînon manquant ?

— Supposons que le vol ait eu lieu du vivant de Sébastian. Il aurait signalé la disparition. Et tout de suite, police, compagnie d'assurances, tout le branle-bas d'une enquête se mettait en marche. Les violons devenaient très difficiles à vendre. Tandis que Sébastian mort, le vol, pendant un certain temps tout au moins, passait inaperçu. Cela donnait le temps de négocier. L'astuce consistait à laisser croire que Sébastian, lui-même, avait donné son accord avant de disparaître. Vous me suivez ?

Il y eut un nouveau silence, comme si le commissaire hésitait à suivre le fil de sa pensée.

— Alors, reprit-il, cela rétrécit le cercle des suspects. Parce que, parmi les familiers de Pierrot, les habitués du bar, les copains avec qui il faisait du vélo ou de la pêche, personne ne sait ce que vaut un stradivarius ni même ce que c'est…

Il marqua encore un temps d'arrêt.

— Cela nous rapproche de l'hôtel "Santez Anna". Vous me suivez toujours ?

Jean-Luc et Vincent suivaient d'autant mieux qu'ils savaient des choses que Le Gall ignorait…

— Je vous rappelle si j'ai du nouveau, dit encore Le Gall avant de raccrocher.

— Le coup a été rudement bien ficelé, dit Vincent.

Et c'était vrai. L'astuce était encore plus ingénieuse que le supposait Le Gall. Elle avait consisté à brouiller les pistes, à dissocier, en apparence, le vol et les crimes. Celui qui était le cerveau de l'affaire était un manipulateur de talent. Il s'était servi de Pierrot en lui faisant prendre tous les risques. Pierrot s'était montré à visage découvert chez les luthiers, il avait été, très probablement, l'exécuteur des basses œuvres sur les falaises de la Côte sauvage. Quant à la façon dont Francesca avait été utilisée…

— C'était diabolique, dit Vincent. Lui faire croire qu'elle avait tué Sébastian, avec un des deux Smith and Wesson dont le cran d'arrêt était mis…

— Les deux revolvers identiques, enchaîna Jean-Luc, c'est une idée de génie. Celui dont l'assassin s'est servi, dissimulé dans la villa ; et l'autre, couvert des empreintes de Francesca… Il suffisait de libérer le cran d'arrêt, de tirer une balle et cela devenait l'arme du crime…

— On avait le mobile idéal : la vengeance de la diva déchue, évincée par le chef d'orchestre. Après quoi, il suffisait de la faire disparaître. Encore un faux suicide ! La meurtrière, prise de remords, se jette à la mer. Cela aurait été tout ce qu'il y a de vraisemblable.

Ils restèrent un moment, sans parler, à réfléchir.

— Il a raison, Le Gall, dit enfin Vincent. Tout ramène à l'hôtel "Santez Anna".

Il y pensait encore en rejoignant Margot. Ils avaient rendez-vous sur la grande plage et le temps était délicieux. Pas de vent. Un ciel lumineux et une douceur inespérée pour un mois d'octobre. Il trouva Margot adossée au parapet qui borde le boulevard

Chanaz, la tête renversée, buvant le soleil. Il s'assit à côté d'elle.

— Tu dormais ?

— Non. Je me disais qu'il faudrait aller faire un tour dans les îles avant de rentrer à Paris.

— Les îles… Vincent regardait l'horizon. Passer un an sur une île, entre le ciel et la mer…

— Une île au soleil ?

— Non. Pas forcément. Ici, par exemple, en Bretagne. Mon rêve…

— Toi, sur une île ! Sans les concerts, le théâtre, les embouteillages, tu ne tiendrais pas une semaine ! Moi, dit Margot, j'ai des rêves plus prosaïques. Un nouvel appartement… Cent cinquante mètres carrés, dans le quinzième. Un grand dressing-room pour moi toute seule…

— Tu vis toute seule dans tes cent cinquante mètres carrés ?

— Non, pas obligatoirement. Mais le dressing-room…

— Deux dressing-rooms, quoi…

— Et un balcon plein sud !

— Pourquoi pas une terrasse ? Et pourquoi le quinzième ? Pourquoi pas le septième ? C'est plus aéré.

— Tu connais les prix dans le septième ?

— Mais on s'en fout des prix, puisqu'on rêve !

XXXV

Il n'était pas tout à fait quatre heures lorsque Le Gall rappela, précis, laconique.

— Ça y est. Mes gars me signalent qu'un homme vient d'entrer dans la maison. Arrivé à pied. Seul. Visage dissimulé. Je file sur place. Vous deux, vous ne bougez pas, hein ! Vous attendez mon signal pour rappliquer.

Attendre ! Ne pas bouger ! Il croyait au Père Noël, le commissaire Le Gall ! La voiture était prête, le matériel aussi. Ils foncèrent. Ils avaient décidé d'emprunter la route côtière, de laisser leur voiture sur l'un des parkings et, à pied, le plus discrètement possible, de se rapprocher au maximum de la villa pour pouvoir suivre les opérations sans se faire repérer par les hommes de Le Gall.

— Il serait capable de nous faire ramener à l'hôtel entre deux policiers, avait dit Jean-Luc.

Ils se garèrent du côté de Keridenvel. puis marchèrent à travers la dune. La brise de mer avait fraîchi et de longues écharpes de brume voilaient par moments le soleil.

En arrivant en vue de la villa Tibère, ils cherchèrent un endroit où se dissimuler. À leur droite, sur une sorte de terre – plein, une voiture était garée.

— On se planque derrière, proposa Vincent.

Jean-Luc secoua la tête.

— C'est peut-être la voiture des hommes de Le Gall.

Ils retournèrent sur leurs pas jusqu'à un bosquet d'arbustes maigrichons, courbés par le vent. Ça pourrait aller, à condition de rester accroupis. De là, ils voyaient l'étendue de la dune jusqu'à la route côtière et, à travers les branchages, en se penchant un peu, ils pouvaient surveiller la maison. Ils attendirent. Les bancs de brume, de plus en plus denses, obscurcissaient le ciel. Rien ne semblait vivant dans la rue déserte que la villa Tibère dominait de toute sa hauteur, de toute sa laideur. À croire que les hommes de Le Gall s'étaient évaporés dans le ciel cotonneux. Tout à coup, Vincent laissa échapper une exclamation :

— Regarde !

Il fixait la villa. Quelque chose venait de bouger sur la façade.

— Regarde, dit-il encore.

Lentement, imperceptiblement, des volets s'écartaient. Et il leur sembla qu'une silhouette apparaissait dans l'embrasure d'une fenêtre, juste au-dessus de l'écriteau « À vendre ».

— Tu sais ce qu'il fait ? murmura Vincent. Il inspecte les parages.

De nuit, ils ne s'en étaient pas rendu compte, mais, de cette fenêtre, on devait plonger non seulement sur la rue mais encore sur une grande portion de la côte.

Sur l'endroit où le malheureux vétérinaire s'était "noyé", où Sébastian avait été tué, où Francesca avait échappé de justesse à son agresseur. Les yeux braqués sur la fenêtre, ils guettaient. Cela dura quelques secondes, quelques minutes ? Puis aussi lentement, aussi imperceptiblement, les volets se refermèrent. Aux alentours, rien ne bougeait. En apparence, il n'y avait personne. C'était de cela que l'homme avait voulu s'assurer avant de se risquer à l'extérieur. La porte de la façade, celle par où, logiquement, il allait sortir restait close derrière le grillage qui la protégeait. Jean-Luc et Vincent la fixaient intensément, à s'en brouiller la vue. L'homme apparut enfin, il était sorti par-derrière, par le jardin. Il s'approcha du portail de fer, défit les chaînes, posa quelque chose sur le sol, remit les chaînes en place, sans hâte. Il inspecta la rue, se baissa pour reprendre ce qu'il avait déposé et se mit en marche. Ce qu'il portait était un paquet oblong qu'ils reconnurent aussitôt.

— Les violons, souffla Jean-Luc.

Vincent avait saisi sa caméra, il ajusta le viseur. L'appareil se mit à ronronner.

L'homme avait tourné le dos à la rue et marchait en direction de la dune. La brume se faisait plus épaisse. Dans le paysage fantomatique sa haute silhouette se découpait sur fond de ciel plombé.

— En tout cas, ce n'est ni Jérôme, ni Lucien, souffla encore Jean-Luc. Trop grand.

— Tout à fait l'allure de Stéphanopoulos, répondit Vincent.

L'homme s'avançait, le visage dissimulé par une écharpe nouée très haut et un bonnet de pêcheur profondément enfoncé sur la tête. Au bout d'une dizaine de mètres, l'homme obliqua légèrement, se dirigeant vers le terre-plein... Il allait passer à quelques mètres d'eux.

— Il va monter dans sa voiture, murmura Vincent. Mais que font donc les types de Le Gall ?

— Les voilà, dit Jean-Luc.

Ils étaient trois qui avaient dévalé d'un muret en face de la villa Tibère. Ils se déployèrent, barrant l'accès de la rue. L'homme marchait sans cesser de regarder autour de lui. Tout à coup, il trébucha, faillit tomber et, dans le geste qu'il fit pour se rétablir, l'écharpe se dénoua. C'est alors qu'ils le reconnurent.

— Nom de Dieu ! Édouard ! s'exclama Vincent.

— Celui-là, dit Jean-Luc, je ne l'aurais jamais cru capable de...

— Tais-toi ! Il approche, fit Vincent.

Édouard avait déposé son fardeau pour se rajuster. Au moment même où il esquissait le geste de reprendre les violons, cinq hommes avaient surgi du côté du terre-plein. Édouard les vit, se retourna pour rebrousser chemin. Les trois autres policiers se précipitaient pour le prendre en sandwich. Édouard fit encore volte-face, aperçut Jean-Luc et Vincent et s'enfuit en courant vers le seul côté libre, vers la côte.

Il courait vite, sautant avec une adresse surprenante, à travers les monticules de la dune. Vincent suivait, s'efforçant de maintenir sa caméra dans l'axe.

Le cœur un peu serré : la chasse a toujours quelque chose de pathétique, surtout lorsque le gibier est un homme… Édouard se retourna, essaya de donner le change en variant sa direction mais ses poursuivants gagnaient du terrain. Il tenta de revenir sur ses pas, renonça face aux policiers qui convergeaient vers lui. C'était le moment de l'hallali. Brusquement, un banc de brouillard s'abattit, noyant tout, les dunes et les falaises. On vit le fugitif courir encore, du côté où la mer et le ciel se confondaient. Cela dura de longues minutes. Lorsque les voiles de la brume se dissipèrent, on avait perdu sa trace. Mais l'un des policiers avait eu le temps de récupérer le précieux paquet. Jean-Luc et Vincent rejoignirent les hommes de Le Gall qui exploraient la falaise.

Le commissaire Le Gall les regarda arriver.

— J'en étais sûr, grommela-t-il.

Il n'avait pas l'air fâché, ni même surpris…

— Il est là, cria l'un des hommes, le doigt pointé vers la mer.

Ils s'approchèrent du bord. En contrebas, un pantin désarticulé, chahuté par la houle, achevait de se briser sur les rochers.

— Accident ou suicide, demanda Vincent ?

— On ne le saura jamais, répondit Le Gall.

XXXVI

« REVUE DE PRESSE DU 15 JANVIER. »

« CELLE QU'ON N'ATTENDAIT PLUS. »
« Francesca Verani-Gobi a entamé hier soir une série de récitals qui marquent son retour sur les grandes scènes internationales. Le public lui a fait un triomphe mérité… »

« VERANI-GOBI : LA RÉSURRECTION. »
« Un programme parfaitement équilibré. Une première partie composée de lieder et de mélodies françaises chantées avec une musicalité exemplaire. Dans la deuxième partie, consacrée aux grands airs du répertoire, un public en délire a retrouvé celle qui fut l'une des interprètes les plus inspirées de l'opéra italien… »

« VERANI-GOBI AU SOMMET DE SON ART. »
« À la fin de son récital, la salle, debout, l'a ovationnée pendant plus de dix minutes. Les bouquets pleuvaient sur la scène… »

Vincent, avant d'éteindre, attrapa une dernière

revue. Lovée contre lui, Margot s'endormait. Il la secoua :

— Tu as lu ça ?

« *LE COME BACK D'UNE DIVA.* »

« *La voix est intacte, ample, sur toute l'étendue de la tessiture. Plus aucune trace de ce vibrato qui faisait craindre l'usure. Nous avons retrouvé avec ravissement ce timbre si particulier, presque sauvage lorsqu'elle interprète la* Senta du Vaisseau fantôme *avec une intensité foudroyante. Mais elle sait aussi trouver des accents d'une simplicité, d'une douceur qui touchent au sublime comme ce fut le cas pour Berlioz, particulièrement, dans* Le Spectre de la Rose. »

C'était signé André Loudières.

— Ce papier-là, dit Vincent, il va sacrément faire plaisir à Francesca !

FIN

Quadri Signe - Editions Alain Bargain
125, Vieille Route de Rosporden - 29000 Quimper
E-mail : editions.alain.bargain@wanadoo.fr
Site Internet : perso.wanadoo.fr/editions.bargain

Dépôt légal n° 11 - 1er Trimestre 2003
5e tirage - Dépôt légal n° 10 - 2e trimestre 2007
ISBN(10) 2-914532-21-0 — ISBN(13) 978-2-914532-21-1
ISSN 1281-7813
N° d'impression : 705074
Imprimé en France